転生先は盲目幼女でした2
～前世の記憶と魔法を頼りに生き延びます～

丹辺るん
Run Nibe

レジーナ文庫

ナディ
フィリスの腹違いの姉。
優秀な伯爵令嬢だったが、
家を捨てた。
フィリスをこよなく
愛している。
人の姿になったガル
ガル
聖獣のひとりで、
フィリスたちと旅をしている。
本当の名は「風狼リルガルム」。
人化獣(ワービースト)という二足歩行の
獣の姿や、完全な人の
姿に変身できる。
フィリス
家族に虐げられた、
アシュターレ伯爵家の末の娘。
元日本人だった前世の記憶を持つ。
盲目だったが、
神様に《ギフト》をもらい、
視覚を得た。

クルス
聖獣のひとりで、
本当の名は「宝獣カーバンクル」。
ガルの旧友で、錬成の能力を持つ。
「ハナキツネ」という
小さな獣に擬態できる。
擬態したクルス
ライラ
フィリスの祖母。
亡き母のことを
教えてくれる。
エリー
フィリスの
専属メイドだった少女で、
ナディに連れられ
伯爵家を出た。
戦闘はちょっぴり苦手。
登場人物紹介
Main character

目次

転生先は盲目幼女でした２
～前世の記憶と魔法を頼りに生き延びます～

プロローグ

「うーん……?」

目の前にある大量の記号……文字とにらめっこをしながら、私は頭を抱えた。

私はフィリス。日本人だった前世の記憶を持つ五歳の幼女で、生まれつき目が見えなかった。

私はアシュタ−レ伯爵である貴族の父が平民に産ませた子どもで、体裁ばかりを気にする家族に、かなり疎まれていた。

……私の母親は、私を産んだ直後に亡くなってしまっていたので、顔も声も知らない。

愛情を注いでくれたのは、長女のナディお姉さんと、お付きのメイドのエリーだけ。

それでも、それなりに幸せな生活を送っていたある日。

……私は事故に見せかけた父親の謀略によって、瀕死の状態で『深緑の谷』という場所に落とされてしまった。

そんな私を谷底で助けてくれたのが、ガル。

ガルは今、私の勉強を見てくれている。

「少し休むか、フィリス」

「……ううん、もうちょっと」

「そうか。無理はするなよ」

私が首を横に振ると、ガルは私の頭を優しく撫でてくれた。

今は渋いおじさんの姿をしているけど、ガルの正体は「風狼リルガルム」という、おとぎ話にもなるくらい有名な聖獣。

聖獣っていうのは、神様の使いといわれるほどすごい生き物のこと。

そんなガルに、私は「昔の友人に似ている」とか「放っておけない」とかって言われた。

そして、私の事情を知ったガルは、私がナディお姉さんたちと再会できるように、一緒に旅をしてくれたんだよね。

……でも、初めて会ったときは狼の姿をしていたから、ものすごく驚いたっけ。

つい一か月前くらいのことなのに、私が妙に懐かしい気分に浸っていたら、部屋の扉が勢いよく開いた。

「フィーちゃーん！　おやつにしない？」

両手にお菓子を抱えて突撃してきたのは、アシュターレ伯爵家長女のナディお姉さん。

「あとで。いま、いそがしいの」

「フィーちゃんは真面目ねぇ……」

私に断られたナディお姉さんは、ものすごくしょんぼりしている。

頭もよくて、魔法の腕も一流なのに、私のことになるととたんにポンコツになる残念美人。

(そんなところも、大好きなんだけどね)

……これを言うと調子に乗ってしまうから、本人の前ではあまり言わないけど。

ナディお姉さんは私がガルと旅をしている間に家を飛び出して、貴族の地位を捨ててまで、エリーと一緒に私を捜しに来てくれた。

そのあと、ナディお姉さんとエリーに会えた私は、神様から特殊な能力――《ギフト》をもらう儀式、『選定の儀』を経て、視覚を得ることができた。

他にも、おまけみたいな感じで特殊能力をもらったけど、どれもチートと呼ぶにふさわしいトンデモ能力だった。

……結局、私の能力については、ずっと秘密にするということになったんだよね。

『選定の儀』を終えてから、私とガル、ナディお姉さんとエリーは、母国のエイス王国と、ダナーリオ公国の国境の街エルブレンに滞在して、今に至る。

（まぁ、それはさておき……）

目が見えるようになっても、字が読めなければ生活するのが大変ということで、こうやって勉強しているんだけど……これがまた難しい。

この世界の文字は、日本語と同じ文法で、ローマ字みたいに子音と母音の字を組み合わせてひとつの音にしている。

（それだけなら、簡単だったんだけど……）

五文字しかない母音はともかく、発音によって毎回違う組み合わせになる子音を覚えるのが大変。

そして何より、この超複雑な文字の書き方が恐ろしく厄介。

なんでひとつの文字に太い線と細い線があるの？

正しい書き順通りに書かないと、変な形になるのはなんで？

おまけに書き方には活字体と筆記体があって、筆記体のほうは書き手によっては癖が強く、もはやオリジナルの文字と化す有様。

だというのに、街で見かける文字の大半が筆記体。

……日本語と同じ文法だからって、簡単に覚えられると思っていた私が間違っていた。

（これは手ごわい……）

慣れれば読めるとガルは言うけど、まだまだ時間がかかりそうだよ。

でも、とりあえずこの宿の食堂にあるメニューくらいは、読めるようになりたい。

……食欲のためだろうと、覚えられればいいんだよ。

その日の夜。

みんなで夕食を食べていると、ナディお姉さんが何かを思い出したのかポンッと手を打った。

「そうだ、イタサに行ってもいいかしら？」

その言葉に、私とガルは顔を見合わせる。

ナディお姉さんが、急に何かを思いつくのはよくあること。

……けど、今回はちょっと考えないといけないんだよね。

社交界で顔が知られていないらしい私はともかく、超有名人だというナディお姉さんは、現在エイス王国内ではある意味お尋ね者。行方不明になってるはずのナディお姉さんが大きな街に行ったら、騒ぎになっちゃうかもしれない。

エルブレンは栄えているとはいえ辺境の街だから、ナディお姉さんの正体はバレていないみたいだけど……王都に近くなればリスクも高くなる。

「して、それはなぜだ？」

ガルも、私と同じことを考えたみたい。

それでもまずは理由を聞いてみることにしたらしく、ナディお姉さんに問いかけた。

ナディお姉さんは、私を優しく撫でながら話す。

「エリステラに、フィーちゃんと無事に会えたって、きちんと報告したいのよ。彼女には、いろいろとお世話になったもの」

エリステラさんは、ナディお姉さんの学生時代の友人で、大きな商家の娘さん。

私を捜索するために家を出たナディお姉さんとエリーが、エリステラさんを頼ったことは聞いていた。

ガルは、イタサに行きたい理由には納得したみたいだけど、まだちょっと渋い顔をしてる。

「……街に入るには、検問があるだろう。お主（ぬし）は通れまい」

確かに。私も何回も通ったから、どの街にも検問があるのは知ってる。

私とガルは余裕で通れたけど、有名なナディお姉さんは、正体がバレてしまうかもしれない。

「ふふふ、そこは、ちゃんと考えているわよ」

不安になっている私とガルをよそに、ナディお姉さんは得意げに笑って、自分のバッグから何かを取り出した。

それは、金属でできた鳥の置物みたいなもの。

よく視ると、うっすらと魔力をまとっているのがわかった。どうやらこの鳥は、魔道具の一種らしい。

「ほう、手紙鳥（メールバード）か。なるほど、それを使えば、街に入る必要はないな」

「でしょう？　もうエリステラの魔力は登録されているから。街の近くに行ければ十分よ」

（手紙鳥（メールバード）……聞いたことない名前だね）

ガルとナディお姉さんのやり取りに、私は首を傾げる。

すると、ナディお姉さんは私に手紙鳥（メールバード）を持たせて説明してくれた。

どうやらこれは、離れたところに手紙を届ける道具らしい。

手紙鳥（メールバード）にあらかじめ魔力を登録しておくと、その魔力の持ち主のところに飛んでいって、手紙を届けてくれるんだとか。なんだか便利そう。

するとなぜか、ナディお姉さんが悪いことを企（たくら）んでいるみたいな、黒い笑みを浮かべた。

「ふふふ……私が街に入れないのなら、エリステラを呼べばいいのよ」

（なんか、嫌な予感がするなぁ……）

なんて思いつつも、私たちはイタサの街に向かうことを決めた。

第一章　運命はすぐそこに

ナディお姉さんがイタサに行きたいと言った翌朝、私たちは泊まっていた宿を発った。

そして、エルブレンから歩くこと、今日で四日目。

ナディお姉さんが見つからないように、森を突っ切って移動して……ついさっき、やっと開けたところに出た。

私たちの視線の先には、外壁に囲われた街がある。

その外壁よりも高い、塔みたいな建物も見えた。

あれがイタサ……あんなに大きい街だったたんだね。

もちろん、視覚を得てから、私がイタサを見たのは初めて。やっぱり、想像するのと実際に見るのではだいぶ違う。

「うーん、やっと戻ってきたわ！」

「そんなに時間は経っていないのに、すごく懐かしく感じます……」

ナディお姉さんとエリーは、深呼吸をしている。

私はもうなんともないけど、二人は流石（さすが）に野営には慣れていなかったらしく、ちょっとだけ疲れているように見えた。

「さてと。ここからなら、手紙鳥（メールバード）も届きそうね。早速（さっそく）飛ばしましょう！」

私が街を見て感動している横で、ナディお姉さんが魔道具の準備を始めた。

手紙鳥（メールバード）のお腹の部分を開けて、ここに来るまでに書いていた手紙を詰めてる。

……若干無理やり詰め込んでるようにも見えてたけど、やっぱりふたを閉めたときに、紙が潰（つぶ）れるグシャッていう悲しい音が聞こえた。

「あとは魔力を込めて、っと」

ぎゅうぎゅうに手紙を詰めた手紙鳥（メールバード）を動かすために、ナディお姉さんが魔力を込めていく。

すると、手紙鳥（メールバード）がまとっていた魔力の輝きが、どんどん強くなっていった。

「こんなものかしら？」

　ナディお姉さんが魔力の供給をやめたときには、手紙鳥（メールバード）はまばゆい光を放っていた。

　なんていうか、爆発寸前みたいな危うさを感じるんだけど。

「……込めすぎではないか？　恐らく半分でも、十分足りるだろう」

　すると、じっと手紙鳥（メールバード）を見ていたガルが、顔をしかめながら呟いた。

（ガルも、私と同じ意見みたい……）

　ところが、ナディお姉さんは気にした素振り（そぶり）もない。

「そうかしら？　でも、一回込めた魔力は飛ばさない限りなくならないから、このまま飛ばすしかないわよ」

「どうなっても知らぬぞ……」

　あっけらかんとしているナディお姉さんに、ガルは大きくため息をついた。

（あ、ガルが諦めた）

「さぁ！　行ってらっしゃ……い!?」

「うわ!?」

　立ち上がったナディお姉さんが、力いっぱい手紙鳥（メールバード）を上に放り投げた……瞬間、ジェット機のエンジンのような爆音が響いて、私は思わず驚きで声をあげた。

　余波なのか、白い魔力の光がふわりと辺り（あた）に広がる。

見上げた空には、一条の飛行機雲ならぬ、魔力の残像があった。

「「……」」

「あら……」

絶句する私たちと、口元に手を当てるナディお姉さん。

しばらくして、我に返ったらしいエリーが、じろりとナディお姉さんを睨んだ。

「どこかで見たことがありますね、この光景。なんで学習しないんですか？」

「うっ。返す言葉もないわね……」

ぷりぷりと怒っているエリー。ナディお姉さんはものすごく気まずそう。

「エリー、どうしておこってるの？」

「……二回目なんです。ナディさまが、手紙鳥を暴走させたのは」

「……え？」

私がなぜ怒っているのかを聞いてみたら、エリーは額を手で押さえながら教えてくれた。

エリーいわく、私を捜すためにイタサを訪れたときも、今と同じように手紙鳥に魔力を込めすぎて……暴走したそれは、エリステラさんのお部屋を破壊したらしい。

（ナディお姉さん……頭はいいのに、なんでこう、ちょっと残念なんだろう）

エリーに怒られて、小さくなっているナディお姉さんを見ながら、私はそんなことを思った。

黙っていれば超美人さんだから、なんかもったいない。

私がエリーのナディお姉さんに対するお説教に耳を傾けながら、街に続いている道の先をじーっと眺めていたら、うっすらと土煙のようなものが見えてきた。

（何かが、すごい速さでこっちに向かってる……？）

目を凝らすと、それは一台の馬車だった。

「だれかくる」

私の呟きに、近くにいたガルが反応する。

「ふむ……どうやらここを目指しておるようだな。とすると、あの馬車に乗っているのはエリステラ、もしくはその使いといったところか」

「そうかも」

私たちがいるのは、街から離れた人気が一切ない森にほど近いところ。だから、私たちに用がない人は、わざわざこっちを目指さないはず。

手紙鳥の発射ポイントを知っているのは、受け取ったエリステラさんだけだろうし、ガルが言う通りエリステラさんかその関係者が乗ってる可能性は高そう。

でも、別の人ってこともないわけじゃない。

万が一全く関係ない人だった場合に備えて、狼姿だったガルは完全な人に変身した。

(私も、フード被っておこう……)

私が顔を隠したのを確認したガルが、懇々と説教を続けているエリーを見る。

「エリーよ、そのくらいにしておけ。何者かが、こちらに向かっておる」

「あ、はい」

エリーはあっさりとナディお姉さんを叱るのをやめて、私たちのそばにやってきた。

そして、だんだん近づいてくる馬車を見たエリーは、「あ」と声を漏らす。

「あの馬車は……エリステラさまの馬車ですね」

「やはりそうか」

エリーには、すぐに誰の馬車なのかがわかったらしい。

ガルが予想した通り、エリステラさんのもので間違いなかったんだね。

すると、ガルが私を抱き上げて、一歩下がった。

「我はエリステラとは初対面ゆえ、対応はお主とナディに任せよう」

「わかりました!」

エリーは元気に返事をして、ナディお姉さんにエリステラさんが来ていることを伝える。

しょんぼりと肩を落としていたナディお姉さんは、それを聞いてパッと顔を輝かせた。

だんだん、ガラガラガラ……という馬車の車輪が回る荒い音が聞こえてくる。

馬車が近づいてくるにつれて、赤く揺らめくものが目に映るようになった。

（ん？　……炎？　いや違う）

一瞬、森に火がついたのかと思って焦ったけど、私以外は誰も反応していない。

私にしか見えていないということは、私の《ギフト》……魔力や感情が視える能力がある、《祝福の虹眼》でしか捉えられないもの。

そう考えてよく視たら、炎のように辺りに漂っていたのは、どこか視覚えのある赤い魔力だった。

（これは……エリステラさんの魔力？）

私は《ギフト》で視覚を得る前も、生物の体を流れる魔力を視て、視力を補ってきた。

イタサの街でよくしてくれたエリステラさんの魔力反応は、しっかりと覚えている。

でもなんか、前視たときより、かなり荒れてるような……熱くはないけど、本物の炎みたいにメラメラと揺らめいて視える。辺り一面が、火の海になってしまったみたい。

「ナ～ディ～!!」

すると突然、聞き覚えのある声が響き渡った。

「うわ、おこってる……」

声から感じる確かな怒り。私が思わず呟くと、ガルもやれやれといった感じで首を横に振る。

「仕方あるまいな。手紙鳥に二度も命を脅かされては、穏やかではおれまい」

(ですよねー……)

私とガルがそろってため息をついたとき、私たちの目の前に、馬車がすごい速度で現れた。

そして、馬車ってこんなに急に止まれるんだ……ってくらい、車輪で地面をえぐりながら急停止する。

「またやったわね!? 今度はただじゃおかないわよ!」

馬車から飛び降りてきたのは、ドレスを翻して赤い髪を揺らす女性……エリステラさん。

きれいな顔は怒りの形相に歪んで、魔力は業火のように荒れ狂っている。

……目が見えていなかったら、私はどう感じたのかな。

人の表情がわからない【魔力視】だけじゃ、周囲の状況は把握しづらいから……怖くて直視できなかったかもしれない。

「〈煌け――華焔〉！」

エリステラさんは、ナディお姉さんを視界に捉えた瞬間、両手に特大の火の球を出現させた。

ナディお姉さん以外の私たちは、意識から外れているみたい。

「ちょっと待っ……〈逆巻け――水禍〉！」

エリステラさんに火の球を向けられたナディお姉さんは、慌てて魔法を使いながら駆け出す。

ナディお姉さんが作り出した水の柱に、エリステラさんの魔法がぶつかって、ズドォォオン！　という爆発音が響いた。

もうもうと立ち込める水蒸気で、視界が真っ白に染まる。

（ええええぇ!?）

突如始まった、怒れるエリステラさんとナディお姉さんのけんかに、私は心の中で絶叫した。

というか、衝撃的すぎて声が出ない。

「……一度ならず二度までもっ！　お部屋、直したばかりだったのに！　もう許さない！」

「違うのよぅ！　聞いてエリステラ！　聞いてってたらぁぁ!?」

「止まりなさい！　骨までしっかり焼いてあげるわ！」

「!?　私はステーキじゃないのよ!?」

連続して響く爆発音に交じって、エリステラさんとナディお姉さんの、悲鳴みたいな言い合いが聞こえてくる。

（どど、どうしよう……って、あれ？）

流石にヤバいから止めようかと思ったんだけど……ふと、違和感を覚えた。

その違和感の正体を確かめようとよく視てみると、エリステラさんは過激な言葉とは裏腹に、わざと魔力を霧散させているのがわかる。

あえて魔法を不完全な状態にして、ナディお姉さんが確実に防御できるくらいまで威力を抑えているみたい。

ガルも、すぐには動かなかった。飛び出そうとしたエリーを制して、二人の争いを静観している。一応、すぐに止めに行けるようにはしてるみたいだけど。

「……少々灸を据えるのが、エリステラの目的のようだな。見事に、直接は当たらぬように調整しておる」

ガルもどうやら私と同じことを思ったらしく、小さく呟いた。

私の認識は、間違ってないみたいだね。

顔を青くして震えていたエリーは、ガルの言葉を聞いてピクリと肩を揺らした。

「つ、つまり、エリステラさまは、ナディさまを害するつもりはないと……？」

爆発音がするほうをちらちらと見ながら、エリーが問いかける。

今にも倒れそうなエリーを安心させるために、私とガルはしっかりと頷いた。

「だいじょうぶ」

「脅かしておるだけであろうな」

「っ、はぁぁぁぁ……よかったぁぁ」

大きく息を吐いて、その場に崩れ落ちるエリー。

ナディお姉さんが危険な状態じゃないというのがわかって、腰が抜けたらしい。

すると、ガルは私を地面に下ろして、ぐるりと辺りを見回した。

「とはいえ、いつまでも騒いでおっては魔物を呼ぶ。そろそろ止めるとしよう」

そう言うと、ガルは鞘に入ったままの刀を地面に突き立てて、目を閉じて魔力を集めた。

まるで、高速で移動するナディお姉さんたちの動きを探っているみたいに、ガルの魔力が広がっていく。

そして、ガルを中心に魔力の輝きが強くなった瞬間、カッと目を見開く。

そのとたん、辺りを覆っていた水蒸気が、弾けるようにして消えた。

「「んなっ!?」」

ナディお姉さんとエリステラさんの魔法も、同じように消えてる。

いきなり魔法を消されて驚いたのか、二人がそろって驚愕の声を漏らした。

一拍遅れて、周囲の木から伸びていた枝が、すっぱりと切断されたように落ちてくる。

(今のはガルの風……だよね?)

何をしたのか、私の《祝福の虹眼》でもわからなかった。

……聖獣、恐るべし。

「そこまでだ」

突然の出来事に動きを止めたナディお姉さんたちに、ガルが静かに告げる。

「ま、まぁ……今回は、このくらいで勘弁してあげるわ……」

「あ、ありがとう……」

ガルに睨まれたナディお姉さんたちは、ぎこちなく握手を交わして仲直りした。

……ガルから逆らっちゃいけないようなオーラが出てるからか、流石のナディお姉さんでも無視できなかったみたい。

「うむ」

二人が落ち着いたのを見たガルは、満足げに頷いた。

ガルが強制的にけんかを止めたことで、エリステラさんは私たちがいることにやっと気が付いたらしく、こっちを見て、驚いたように目を見開いた。

「うそでしょう!? 貴女……フィリス!?」

なんですぐわかったんだろうと思って首を傾げたら、髪が何にも遮られずに動いた。

（あ、フード取れてる。いつの間に……）

ナディお姉さんたちの魔法の衝撃か、ガルの風か……いつ脱げたのかわからなかった。

まぁ、エリステラさん相手には隠す必要がないし、いいんだけど。

「はい。フィリスです」

「あ……な……」

私が返事をすると、エリステラさんは私を指したまま口をパクパクさせた。

驚きすぎて、言葉が出ないみたい。

「なんてこと……今度こそ、ナディがおかしな妄想を始めたとばかり……」

「失礼ね。私は至ってまともだわ」

「だって、こんなに早く……ありえないと思うのが、普通でしょ……」

ちょっと不服そうに口を尖らせるナディお姉さん。

エリステラさんは混乱しているらしく、うまく言葉を紡げていない。私とナディお姉さんを交互に、何度も何度も見て頭を抱えている。

確かに、私が行方不明になってから、まだひと月も経っていない。

生きているかもわからなかった私が、何食わぬ顔で目の前に現れたら、そりゃ混乱もするよね。

しばらくすると、エリステラさんは落ち着いた。

そして私のところに来て、しゃがんで視線を合わせてくれる。

ナディお姉さんとはまた違った美しさのある顔が、ぐっと近くなった。

真紅の瞳が、まっすぐに私に向けられて……エリステラさんは、フッと微笑んだ。

「いろいろと気になることはあるけど、おかえりなさい、フィリス」

「はい！　また、きました」

私が元気に返事をすると、目に涙を浮かべたエリステラさんが、ぎゅっと私を抱きしめた。

「よく、生きていてくれたわね。本当に、無事でよかったわ」

エリステラさんも、ナディお姉さんやエリーのように、私のことを案じていてくれたらしい。

たった一日……というか、ほんの数時間しか一緒にいなかったのに、こんなにも大切に思ってくれていたなんて。

（嬉しい……）

自然と、私の目からも涙があふれる。

「エリステラの涙なんて、初めて見たわね。人前では、泣かないいんじゃなかったの？」

ナディお姉さんが、エリステラさんをからかうように言う。

でもその声は、少し湿っぽかった。

「うっさい……もらい泣きしてる貴女には、言われたくない」

「……それもそうね」

気が付けば、ナディお姉さんも泣いていた。エリステラさんに指摘されて、初めて自分が涙を流していることがわかったみたいに、手の甲で目元を拭う。

かと思ったら、ナディお姉さんは左右に首を振って、パンッ！　と手を叩いた。

「さぁ！　気を取り直して！」

しんみりした空気を振り払うような、底抜けに明るい声。わざとなんだろうなぁ。

でも、ナディお姉さんのおかげで、雰囲気がちょっとだけ明るくなった。

すると、エリステラさんが何かを思い出したらしく、「あ」と声を漏らす。

「……忘れるところだったわ」

そして、乗ってきた馬車に駆け寄ると、中から箱を取り出した。

……エリステラさんが両手で抱えられるくらいの大きさだけど、かなり重そう。

箱を三つ、地面に下ろしたエリステラさんは、満足そうに頷く。

「これでよし。さてと……ナディやエリーは、知っているからいいとして……」

エリステラさんは私たちを順に見て、ガルのところで視線を止めた。

「そちらの御仁は、初めましてですわね。私は商人、エリステラ・ジェイファーと申します。先ほどは、お見苦しいところをお見せしました」

（おぉ……きれいなカーテシー）

乱れた髪や服を一瞬で直して、自己紹介をするエリステラさん。

思わず見惚れてしまうほど美しくて、まさに淑女の挨拶って感じがする。

それを受けたガルは、若干気まずそうな表情で口を開く。

「我はガルという。丁寧な口調は、どうも苦手でな……ナディを相手にするように接してはくれぬか」

「それは……いいえ、そう。これでいいのね？」

エリステラさんが悩んだのは一瞬で、すぐに口調を直した。

「うむ、そのほうがよい」

ガルはそれを聞いて頷く。エリステラさんは順応が早いね……商人なだけあって、いろんな状況に合わせられるのかな。

なんて思っていたら、興奮気味のナディお姉さんが、エリステラさんの肩をガシッと掴んだ。

「ガルはすごいのよ！　何せ、せ――」

ナディお姉さんの声が、不自然に途切れた。でも、口はちゃんと動いている。

（ガルの風かぁ……）

どうやら、ガルが風を操って声を消したらしい。

ナディお姉さんは、多分ガルが聖獣だってことを言いたかったんだと思う。

けど、ガルは隠したいみたいだね。

エリステラさんには、自分が「聖獣リルガルム」だということを言うつもりはないらしい。

（そう、それが普通なんだよね……）

聖獣は、本来神に近いとまでいわれる存在。こうして人と一緒に行動しているほうが珍しい……というか、それこそおとぎ話のような出来事なので、誰彼構わず言いふらしていたら大騒ぎになっちゃう。

当たり前のように一緒にいるから、感覚がマヒしていたのかもしれない。

……私も、うっかり口を滑らせないようにしないと。

「……！　……!?」

ナディお姉さんは自分の声が消えてアワアワしている。

エリステラさんは、そんなナディお姉さんを冷ややかな目で見ながら、ガルに尋ねた。

「……ナディの声を消したのは、貴方(あなた)？」

「うむ、我の魔法だ。風はそれなりに扱えるのでな」

「すごいのね……」

ほぅ、とエリステラさんが感心したようにため息をつく。

すると、ガルがナディお姉さんのところに行って、耳元で何かを囁(ささや)いた。

ナディお姉さんが高速で首を縦に振ってる……ガルの正体を言わないようにって、釘を刺されたのかな。

ガルが離れると同時に、ナディお姉さんは声を取り戻した。

エリステラさんは、ガルについてはそれ以上何も聞かずに、私に近づいてきてしゃがむ。

「それはそうと、ずっと気になっていたのだけど……」

そう言って、私の目の前で指を一本立てて、左右にゆっくりと振る。

思わず目で追っていると、エリステラさんは不思議そうに首を傾げた。

「やっぱり……フィリスの目、見えているわね。これはどういうこと？」

「フィーちゃんの《ギフト》よ。エルブレンで『選定の儀』を済ませてきたのだけれど、視覚に作用する能力をいただけたの」

私の代わりに、ナディお姉さんが答えた。

エリステラさんは一瞬驚いたような表情を浮かべて、すぐに納得したのか頷いた。

「なるほど……そういうことね」

以前エリステラさんと会ったときには、私は《ギフト》を持っていなかった。

私が王都に向かう途中で事故に遭(あ)ったから、エリステラさんはまだ《ギフト》をもらっていないと思ってたみたいだね。

……盲目の私が、急に目が見えるようになってたら、それは気になるよね。

「ふぅ。とりあえず、貴方(あなた)たちの現状はわかったわ」

エリステラさんはそう言って立ち上がると、さっき取り出した箱を指した。

「今度は貴方(あなた)たちが、エイス王国の『今』を知る番よ」

箱に入っていたのは、小さな文字がたくさん書かれた紙束……新聞だった。

日付は……私が橋から落ちた日から今日まで、全部ある。

「フィリスやガルはともかく、ナディとエリーは自由に動けないでしょう。いずれ必要になると思って、集めていたのよ」

「感謝するわ、エリステラ！」

「……こんなに早く、必要になるとは思わなかったけど」

目を輝かせるナディお姉さんに、エリステラさんは苦笑する。

あまり集められなかったと言っているけど、エイス王国の現状をほとんど知らない私たちにとっては、これでも十分すぎる。

……とはいっても、私はまだ新聞に使われるような、難しい文字は読めない。

（読むのは、ガルたちに任せようっと）

これぱっかりは仕方ない。みんなが一斉に新聞を読み始めたので、私はおとなしく待つ。

しばらくすると、大量の新聞を黙々と読んでいたナディお姉さんが、ぶつぶつと何かを呟き始めた。

「フィーちゃんの名前も出ているわね。でも、流石(さすが)にこれはないわ」

「憶測で描かれたものでしょうが……誰ですか、これ」

「これはまた、なんとも……」

ナディお姉さんが読んでいる新聞を覗き込んだエリーとガルは、顔をクシャッと歪めた。魔力も、なんとも言えない不快感を示している。どうやら、新聞でも私のことが話題になってるらしい。

（一体どんな……え？）

気になって見てみると、そこには私とは似ても似つかない子どもの姿が、デカデカと描いてあった。

……ふくよかなボディーに鋭い目つき。髪色も銀じゃないし、特徴が何ひとつ一致してない。

（こ、これは……）

なんていうか、名前が同じだけの別人だね。

この姿で認知されてるなら、「私がフィリスです」って出ていったとしても、絶対にバレない自信がある。……でも、絵姿はともかく、周囲に存在すら知られていなかった私の名前が、どうして新聞に載っているんだろう？

なんて思っていると、新聞をつついて私の絵姿に文句を言っていたナディお姉さんが、ふと何かを思い出したように顔をあげた。

「エリステラ、フィーちゃんの容姿について、情報は流したの？」

「まさか。アリシアやテテルに教えたのも、名前だけよ」

「そうよねぇ……」

首を横に振るエリステラさんに、ナディお姉さんがため息をつく。

「ねぇさま、どういうこと？」

二人の会話の意味がわからず聞いてみたら、ナディお姉さんとエリステラさんは顔を見合わせてから説明してくれた。

新聞に私の名前が出ているのには、二人が関係しているらしい。

なんでも、ナディお姉さんがアシュターレ伯爵家に嫌がらせをするために、ずっと父ゲランテが隠してきた私（フィリス）という秘密を、エリステラさんに頼んでお友達経由でばらまいたらしい。

そして、その噂（うわさ）が大好物だというお友達のおかげで、あっという間に広まったんだとか。

公開した情報は名前と年齢だけだったそうだけど、そこから噂（うわさ）に尾ひれがついて、最終的によくわからない絵姿になったっぽい。

「フィーちゃんのことを悪く書いているわけではないから、別にいいけれど……なんだか複雑ね」

「間違っても、『フィリスの正しい姿はこうよ！』……とか言って、新聞社に乗り込んだりしないでよね。今までの努力が無駄になるわ」

「流石に、そんなことしないわよぅ」

エリステラさんが、ナディお姉さんにジトッとした視線を送っている。

……私も、ナディお姉さんならやりかねないとか思ってしまった。ナディお姉さんは、私が絡むと暴走しがちだから。

「それよりも、貴女は自分のことに注目したらどうなの？」

ため息をついたエリステラさんが、持っていた新聞をナディお姉さんに投げ渡した。

それを横から見たエリーが、感嘆の声を漏らす。

「わ、ナディさまの絵姿は、正確に特徴が捉えられていますね」

「それは貴女もね、エリー」

「……はい」

エリステラさんの鋭いツッコミに、エリーがガクリと肩を落とす。

その新聞は、ナディお姉さんとエリーが家出した直後のものらしく、二人の姿が細かく描かれていた。

……屋敷で生活していたころのナディお姉さんは、髪が長くてドレスを着ていたはずだし、エリーもメイド服を着ていたはず。ところが、新聞に描かれたナディお姉さんは、とても動きやすそうな格好をしている。エリーもメイド服じゃない。

家出するとき、ナディお姉さんは屋敷に髪の毛を残してきたらしいから、髪が短くなっているのは、まぁわかる。でも服装が、今の二人を見て絵を描いたって言われても違和感がない仕上がりなのは、なんでだろう。

二人は誰にも会わずに家を出たっていうから、これは誰かが想像で描いたんだろうけど……それにしては正確に描かれてる。

私のとは大違いだね。これが知名度の差ってことかな。

「むぅ」

不満そうに口を尖らせるナディお姉さんに、エリステラさんが大きなため息をついた。

「ナディは特に、《水神の加護》を持っているってことで、注目度も段違いよ」

「ぐぬぅ……」

「イタサみたいな大きな街じゃなくても、貴女が出歩けばすぐバレるでしょうね」

「ぐぬぬぅ」

エリステラさんの言葉に、ナディお姉さんが悔しそうに呻く。

ナディお姉さんは、伯爵令嬢で魔法の天才。おまけに神様の加護までもらっている。

エリステラさんいわく、「普段から社交界では注目の的」だったらしい。

そんな人が、貴族女性の美しさの象徴ともいえる髪の毛を切り落として、それを残して行方不明になれば、上を下への大騒動になるのも当然のこと。

むしろ、今まで誰にも見つかっていなかったのは、運がよかったのかもしれない。

「くぅ……一度屋敷に戻って、おバカさんたちを引っ叩いておきたかったのに……せめて様子見だけでも……」

そんなことを言うナディお姉さんを、エリステラさんは呆れたように見た。

「貴女ね、今屋敷に戻ったら、確実に捕まるわよ？」

「そうよね……」

流石のナディお姉さんも、新聞を見て屋敷に行くのは無理だと悟ったらしい。……と思ったら、どうやったらバレずにアシュターレの屋敷を見に行けるのか……ってことについて、エリステラさんとエリーと議論を始めた。

それを聞いていて、ふと思いついた。

（それ、私とガルなら……）

新聞でも顔がわからない私たちなら、堂々と出歩ける。でも、提案するかどうか、ちょっと悩んだ。

（仕方ない。また、ナディお姉さんたちと離れちゃうけど……）

少し考えたけど、結局これしかないと思って、私はナディお姉さんたちに声をかけた。

「……わたしが、いく」

「えっ!? フィ、フィーちゃん？」

急な提案に驚いたのか、ナディお姉さんが弾かれたように私を見た。

ナディお姉さんの目を見つめて、私はちょっとだけ語気を強める。

「わたしと、ガルで、みにいく」

「えぇぇ!?」

ナディお姉さんが、激しく動揺している。

……けど、もうすぐ日が暮れちゃうし、いつまでも森のそばにいるわけにはいかない。

ナディお姉さんには申し訳ないけど、ちょっと強引に話を進める。

「ガルがいっしょなら、あんしん」

「それは、そうだけれど……」

ガルの名前を出せば大丈夫だと思ったけど、まだナディお姉さんを納得させるには足りない。

いくらガルが強いといっても、離れるのはやっぱり嫌みたい。

そこで、直接説得してもらおうと、私はガルを見る。

それだけで、ガルは私が何をしてほしいのかわかったらしい。

「……我とフィリスだけであれば、まず気付かれまい」

ガルが優しい口調で、ナディお姉さんを諭（さと）す。

「ナディが気になるという屋敷の様子を見てくるのも容易（たやす）い。フィリス一人であれば、我は確実に守り通せる」

「うーん……確かに……」

ガルには、目が見えない私を守り続けて、ナディお姉さんと再会させたって実績がある。

それをわかっているから、ナディお姉さんも悩んでいるっぽい。

しばらく考え込んだナディお姉さんは、いきなりパンッ！　と自分の頬を叩いた。

「そうね。偵察はガルに……いえ、ガルとフィーちゃんに任せるわ」

「ありがと、ねぇさま」

よかった、ナディお姉さんも納得してくれた。

「た・だ・し！」

「うみゅ!?」

……と思ったら、突然ナディお姉さんに、思いっきり顔を両手で挟まれる。

私の口から、変な音が漏れた。

「ただし、絶対に帰ってくること。無茶は許さないわよ？」

「ふぁい」

「よろしい」

……もしナディお姉さんが行っていたら、私よりも無茶しそうだなぁ、と思ったのは黙っておこう。

いつものように頬を揉まれながら、私はナディお姉さんに注意事項を叩き込まれた。

（遠足の前の日みたい……）

私のことが心配なのはわかるけど、ガルもいるし……大丈夫だと思うけどなぁ。

結局、呆れたエリステラさんが止めてくれるまで、ナディお姉さんは私の頬を揉み続けた。

（……ところで）

私たちと離れている間、ナディお姉さんたちはどうするんだろう。

イタサの街にナディお姉さんとエリーが泊まるのは、まず不可能なはず。

まさか、ずっと野営ってわけにもいかないだろうし。

……なんて思っていたら、エリステラさんがナディお姉さんたちに何かを渡した。

「ナディ、エリー。貴女たちは、しばらく私が匿ってあげるわ。それはうちの従業員に持たせてる札よ。まぁ、偽造だけど」

エリステラさんが渡していたのは、従業員を識別する魔道具らしい。

なるほど……エリステラさんは、かなり大きな商家の娘さん。

ナディお姉さんたちを従業員に紛れ込ませて、街につれていくつもりかな。

「それは助かるけれど……いいのかしら？　バレたらあなたも大変よ？」

ナディお姉さんが、嬉しさ半分、不安半分といった感じでエリステラさんに問いかける。

エリステラさんは、額に手を当ててため息をついた。

「ここまで巻き込んでおいて、今さらなんの心配をしてるのよ。言っておくけど、タダで匿ったりしないから」

「……え？」

エリステラさんの言葉に、ナディお姉さんが動きを止める。

それを見たエリステラさんの魔力が、一瞬だけゆらっと大きくなった。

「二回も私のお部屋を壊したんだから、当然弁償はしてもらうわ。フィリスたちが帰ってくるまで、私のところで働きなさい！」

「えぇぇ～!?」

ビシッ！　とエリステラさんに人差し指を向けられて、不満そうに頬を膨らますナディお姉さん。

……自分がやったのに、まるで反省してない。匿ってもらえるんだから、文句を言わずに頑張ってください。

「当然の報いですね……頑張ります」

一方のエリーは、ため息をつきながらも納得していた。

ぶつぶつと文句を言うナディお姉さんを馬車に押し込みながら、エリステラさんは私とガルに声をかける。

「貴方たちはどうするの？　イタサで一泊するのなら、いい宿を紹介するわよ？」

「エリステラさんの、ところ？」

「いいえ、流石にそれは無理ね。別の宿になるわ」

私が聞くと、エリステラさんは首を横に振った。

まさかとは思っていたけど、やっぱりエリステラさんの宿には泊まれないらしい。

私も一度行っているから、顔を覚えられているかもしれないもんね。

でも、どこかの宿を紹介してもらえるのはとても助かる。私とガルは顔を見合わせて、そろって頷いた。

「よろしく頼む」

「おねがいします」

「ええ、任せなさい。ナディたちの面倒も、しっかり見ておくから」

エリステラさんが頼もしく微笑んでくれた。

ナディお姉さんとエリーは、エリステラさんの馬車に隠れてこっそり街に入るということで、ここでいったんお別れ。先に街に入ったエリステラさんが、私たちが泊まる宿を手配してくれるらしい。

「フィーちゃーん……！」

「ナディ、引っ込みなさい。見つかっても知らないわよ」

ガラガラと音を立てて離れていく馬車の中から、すごい情けない表情のナディお姉さんが顔を出して、エリステラさんに怒られていた。

その様子を見ていたガルが、呆（あき）れたようにため息をつく。

「フィリスのほうが落ち着いておるとはな……これでは、どちらが姉かわからぬわ」

「あははは……」

（まぁ、中身は大人だからね……）

乾いた笑い声をあげながら、私は内心で呟いた。

ナディお姉さんの、姉の威厳がどんどん崩れていく。とても頼りになるお姉さんのはずなのに、どうしてあんなに残念なんだろう。……いくら考えても、わからないんだけどね。

そんなことよりも、そろそろ完全に日が沈む。夜になると強い魔物が増えるらしいから、私たちは足早にイタサの街へ。

二人で旅をしていたときみたいに親子のふりをしたら、検問も簡単に突破できた。

これからも、これでなんとかなりそうだね。

イタサの街に着いた、翌日。私たちは予定通りエリステラさんに手配してもらった宿で一晩過ごして、早速アシュターレ伯爵の屋敷へと移動を始めた。

……のはいいんだけど、私はその場所を知らない……もちろん道もわからない。

ということで、昨日エリステラさんに用意してもらった地図を使って、ガルに連れていってもらうことに。

イタサの街から屋敷までは、馬車で半日くらいかかる。街道を歩いていくとかなり遠いから……私たちは、途中にある森を突っ切って進むことにした。

人目につかない森の中では、ガルは狼(おおかみ)姿になって私を乗せて歩く。

そして、真上にあった太陽が傾き出したころ……私たちは、森を抜けて街道に戻ってきた。

そこからガルは、また人型に変身して、私を抱えて歩く。でも、今は目が見えるし危なくはないはず……ということで、途中で自分で歩きたいと言って下ろしてもらった。

「はぁ、はぁ……はぁ」

ところが、少し歩いただけで、簡単に息が切れてきた。足が思うように動かず、少しの段差にも躓(つまず)いてしまう。

いくら運動不足気味の五歳児とはいえ、これはちょっと問題。

（ずっと、目に頼らずに生活してた弊害(へいがい)かな……）

視覚に頼らず、【空間把握】でバランスを保っていたときとは違う。足がつく場所を見る癖がついてないから、小さな段差を見逃してしまう。街中(まちなか)ならともかく、舗装されていない道を歩くのは、私には難しすぎたらしい。

（か、体が重い……ん？）

そのとき、私に合わせてゆっくりと歩いていたガルが、ぴたりと足を止めた。

「屋敷が近いな。フィリス、歩くのはここまででよいか？」

「はぁっ、はっ……うん、もういい……」

どうやら私が思ったよりも進んでいて、もうすぐ目指していた屋敷みたい。

疲れてうまく話せないけど、なんとか返事をする。

「うむ。では行くぞ」

ガルは頷いて、ぐったりした私を抱き上げて歩き出した。

(あ、涼しくて気持ちいい……ありがとう、ガル)

周囲からはわからない程度に、ガルが私にそよ風を当ててくれてる。

火照った体に、冷たい風が心地いい。

だんだん空が赤く染まっていく中進んでいると、小さな村のようなところに着いた。

(あれ？　何かがおかしい？　……あっ)

ふと変な感じがして、ぐるりと辺りを見回すと、おかしなことに気が付いた。

なんと、この村にはどういうわけか、人の気配がほとんどない。

街道では、普通に人とすれ違ったりしたのに、ここは廃墟かと思うくらい閑散としている。

まるで、建物を残して、人だけが消えてしまったみたいに。

「……これは妙だな。魔物に襲われた、というわけでもあるまい」

ガルも、その不可思議な光景が気になったみたい。
（魔物っぽい気配はない……ん？）
原因がわからず二人で首を傾げていると、どこからか爆発音が聞こえてきた。
耳を澄ますと、かすかに、でも連続して爆発音がする。
（この音は、そんなに遠くない）
近くで誰かが戦っているのかな。
もし誰かがいるのなら、この村に人がいない理由を知っているかも。
「あっち！」
村の様子も気になるけど、まずは音の正体を確かめに行きたい。
ガルも私の意図を察してくれたらしく、音がするほうへ足を向けた。
「顔は隠せ。行くぞ」
「うん！」
ガルは、私が顔を隠したのを確認すると、風を操って足音を消しながら走り出した。
ただ魔物が暴れているんだったら、近づいても危険なだけ。
だからガルは、わざと道を逸れて、木々に隠れながら進む。
これなら、こっそりと確かめられるからね。

「っ⁉」

そのとき、私たちのすぐ近くで、とても大きな爆発音が聞こえた。

震動がお腹に響いて、思わず体が強張る。

ガルが風で衝撃を和らげてくれたおかげで、すぐなんともなくなったけど。

「近いな……この向こうか」

ガルはそう言って、慎重に足を進める。

すると森を抜けたとたん、ガルが顔をしかめた。

「……これは一体、どういうことだ」

黒煙と、何かが焦げるようなにおいが漂っている。

爆発音がしていたのは、多分ここ。

……そこに広がっていたのは、私たちが全く予想していなかった光景だった。

森を切り開いたような広い空間に、突然現れた大きな屋敷。

もちろん初めて見たけど、ここが目指していたアシュターレ伯爵の屋敷で間違いない。

「なに、これ……」

目の前で起こっていることが理解できない私の口から、小さな声が漏れた。

屋敷の門の前には、たくさんの人が集まっていた。

近くの村に人がいなかったのは、みんなここに集まっていたかららしい。

空気を震わせるほどの罵声や怒号が飛び交い、中には持っていたものを屋敷に向かって投げる人もいる。

嫌な感情が波のように押し寄せてきて、私に向けられているわけじゃないのに体が震える。

(一体、何が……)

さっきから聞こえていた爆発音は、誰かが撃った火属性の魔法が、どこかに着弾した音だったらしい。焦げ臭いにおいと黒煙は、周囲の木が燃えて発生したもの。

とんでもない状況に私が呆然としていると、意識を引き戻すように、ガルに強めに頭を撫でられた。

「襲撃……いや、あの群衆は、何かを訴えておるのか？」

「え？」

そして、ガルは私を抱えたまま、ゆっくりと人が集まっているところに向かう。

村人たちは前世でいうデモ活動みたいにアシュターレ家に不満をぶつけているらしい。

(う……耳が痛い。うるさい)

いろんな大声や爆音が響き渡って、耳がキーンとする。

誰が何を言っているかはわからないけど……誰も、私とガルが紛れ込んだことなんて、気にしていないみたいだった。

まるで、屋敷以外は見えていないとでもいうように。

（怒り、憎しみ、不安、不満……嫌な感情があふれてる。気分が悪くなる……）

私の眼……《祝福の虹眼》には、ここでマイナスの感情がドロドロと渦巻いているのが映っている。

……混ざり合った負の感情は、深く暗い、闇のような色に視える。

暗い色があふれて、私を押しつぶそうとしているように感じてしまう。

チカチカと、視界が霞んでいく。感覚がなくなっていって、呼吸が浅くなる。

気を抜いた瞬間に意識が飛びそうになるのをなんとか堪えて、声を絞り出す。

「ガル……わたし、だめっ……」

「むっ⁉」

掠れた声でどうにか伝えると、ガルは一瞬焦ったような表情になった。

「それはいかん。急ぎ、ここを離れるとしよう」

ガルは冷静に言うと、体を滑らせるように人混みを抜け出して、その場を離れた。

どうやらガルは、私が感情を読み取れることを忘れていたらしい。

一気に大量の負の感情に晒されたからなのか、アシュターレ伯爵邸から離れて安心したからなのか、体から力が抜ける。手足が震えて、思うように動かせない。

（力が……入らない）

「ひとまず、ここまで来れば大丈夫か……？」

屋敷がギリギリ見えるところまで離れて、ガルが私を地面に下ろす。

「なんとか……」

私はガルに答えたあと、木を背もたれにして体を休ませた。

まるで、金属の塊を抱えているみたいに体が重い。

（強すぎる感情は、私にとっては毒や攻撃と同じ……）

手をかざして自分の魔力を確かめると、輝きがいつもよりもかなり薄くなっていた。

多分、私には耐えきれないほどの負荷だったから、魔力を使って体を守ってたんだと思う。

体が重く感じるのは、魔力切れ寸前だからかな。

いくら強い能力でも、限界はあるみたいだね……覚えておこう。

「すまぬな、フィリス。お主の《ギフト》を失念しておった」

「ううん、だいじょうぶ」

　ガルが申し訳なさそうに頭を下げたけど、ガルは悪くない。私の《祝福の虹眼》は、ガルもその効果を知らない《ギフト》なんだし、何が起こるのかわからなくても仕方がない。

　むしろ、完全に魔力が切れる前に、限界を知れてよかったと思う。

（あのまま感情を浴び続けたら、多分私は……死ぬ）

　聖獣のガルに匹敵する魔力量の私が、短時間でほぼ魔力をなくすほどのダメージ。そんなものを、なんの保護もされていない体で受けたら、間違いなく私は命を失う。

　……これからは、負の感情が集まる場所には、なるべく近寄らないようにしよう。

「もう、へいき」

　少し休んだらだるさが消えた。魔力が回復するのは早いらしい。

「……もう少し休め。魔力が回復するには、今しばらくかかろう」

「だいじょうぶだよ」

　ガルは心配そうだけど、本当にもうなんともない。確かに、まだ完全に魔力が回復したわけじゃないけど、歩くことはできる。

　私が立ち上がって歩いて見せると、ガルは安心したように息を吐いた。

「無理だけは、するでないぞ」

「うん」

ガルに、ちょっと乱暴に頭を撫でられた。心配と安心が入り交じって、力加減を間違えたみたい。

(さて、これからどうしようかな)

私が落ち着いたとはいえ、屋敷の様子を確かめるために、また近づくわけにはいかない。でも、私だけここで待っているわけにもいかない。何かが起きたとき自分の身を守るには、私の力は不十分だから。

私には、魔力を聖獣に近い性質のものに変えて、魔物に狙われにくくなる《ギフト》……《神気》というものがある。だけど、それも絶対じゃない。一人のときに敵に襲われてしまったら、対処できるかどうかわからない。

(ん？　魔力反応？)

どうしたものかと私たちが悩んでいると、屋敷のほうから、誰かがゆっくりと近づいてくるのがわかった。

魔力が視える私の感知範囲は、かなり広い。私たちを捜しているような反応は、少しずつ……でも確実に近づいてくる。

「だれかくるよ」

「敵か？」

私が小声で伝えると、ガルは素早く刀に手をかけて、私が指したほうを睨んだ。

私は視えた魔力反応から、自分に害をなそうとしている相手なのかどうかは判別できる。今近づいてきている人からは、怪しさや害意は感じない。

まぁ、判別できるといっても、完璧じゃないから……一応、警戒は解かないでおくけどね。

「……ちがうとおもう」

「そうか、では会ってみるか」

ちょっと気を張りつつも、私が首を横に振ると、ガルはあっさりと刀から手を離した。

もっと警戒してもいいんじゃないかなぁ……ガルがいいならいいけど。

そして少しすると、私たちの前にある藪がガサガサと揺れた。

「……！」

藪をかき分けて現れたのは、一人の高齢の女性だった。いきなり私たちと遭遇したからなのか、くすんだ銀の髪に葉っぱをつけたまま、動きを止めてしまってる。

（なんだろ……この顔、見覚えがあるような？）

目の前で固まる女性とは、間違いなく初対面。なのに、なぜかその顔には見覚えがある。

それどころか、なんだか懐かしいとさえ思ってしまう……なんでだろう。

私がもやもやしていると、ガルが女性の顔をじっと見て声をかける。

「お主(ぬし)……もしや、フィリスの縁者か？」

「え？　……あっ」

ガルの言葉で、私のもやもやは一瞬で吹き飛んだ。

(そっか、この人……私(フィリス)に似てるんだ！)

見覚えないわけがない。だって、毎日鏡で見てる顔とそっくりなんだもん。

……でも、私(フィリス)に縁のある高齢の女性なんていたっけ。

なんて思っていると、ようやく復活した女性が、藪(やぶ)から飛び出して深く頭を下げた。

「ごめんなさいね……あとをつけるような真似をして。私は、ライラというの」

女性は謝罪と同時に名乗ってくれたけど……ライラという名前に聞き覚えはない。

若干警戒していると、ライラさんは私をじっと見て息を吐いた。

「やっぱり、似ているわね」

「え？」

「あなたは、アリアという女の子を知っているかしら？」

「！　……はい」

いきなりアリアさんの名前が出てきて、私は驚いて目を見張った。

知っているも何も、アリアというのは私の母親の名前。

私が生まれた直後に亡くなってしまっていて、実際に会ったことはないけど、ナディお姉さんから名前は聞いていた。

私が頷くと、ライラさんは嬉しそうに微笑む。

「……アリアは、私の娘なのよ」

「ふぇ、えぇぇ!?」

ピシャーン！　と、体に電流が走った……ような気がした。

衝撃のあまり、私の口から変な音が出る。感情以外に、相手のうそも感知できる《祝福の虹眼》でも、ライラさんが本当のことを言っているのがわかった。

（うそは言ってない……つまり、ライラさんは、私のおばあちゃん!?）

……まさに青天の霹靂。

にこにこと笑みを浮かべるライラさんは、なんと私の祖母に当たる人だった。

「フィリスに縁があるとは思っておったが……血縁であったか」

ガルも相当驚いたように呟いた。

……私とライラさんの顔がそっくりだったのは、偶然じゃなかったんだね。

するると、ライラさんが何かを思いついたらしく、「あ」と声を出した。

「私の家にいらっしゃらない？　あなたのことを、もっと知りたいわ」

私とガルは、顔を見合わせる。

（いいのかな？）

ちょっと迷ったけど、どうせここにいてもアシュターレ家のことはわからないし……

私も、ライラさんのことは知りたい。

「ガル、いいかな？」

私が聞くと、ガルは笑って頷いた。

「では、招かれよう」

ガルもいいと言うので、初めて会ったおばあちゃんの家に行くことに。

ライラさんの家は、屋敷に向かう途中に寄った、人がいない村の外れにあった。

「どうぞ。狭いところだけど……」

「お、おじゃまします……」

こぢんまりとした家には誰もおらず、シンと静まり返っていて、なんだか寂しく感じる。

リビングの家具は一人分しかなかったようで、ライラさんが奥から私たちのぶんの椅子を持ってきてくれた。私たちがその椅子に腰かけると、ライラさんがほぅ……とため息をつく。

「……まるで、昔のアリアを見ているみたいだわ」

嬉しそうに、でもどこか寂しそうに、ライラさんがポツリポツリと話し始めた。

私が使わせてもらっている椅子は、アリアさんが子どものときに使っていたものらしい。

当時のアリアさんは、私とほぼ同じ体格だったと、ライラさんは懐かしそうに教えてくれた。

「こうしてあなたと巡り合えたのは、運命なのかしらね」

ライラさんが、私を見て微笑む。

……私が家から出なければ、多分ライラさんと会うことはなかった。

そしてガルやナディお姉さんがいなければ、私はここにはいない。

そう考えれば、運命というのも納得できる。

(不思議なことってあるんだなぁ)

それから私たちは、夕食をごちそうになりながら、いろいろなことを話した。

私が知らない、アリアさんの話。ライラさんが知らない、私の話。

楽しい思い出も、辛い思い出も……時間を忘れてしまうほど話し込んだ。

その途中で、ライラさんに一緒に暮らさないかって提案をされた。

……当然、私はものすごく悩んだよ。でも、ライラさんには申し訳ないけど、私はガルと……ナディお姉さんたちと一緒にいることを選んだ。

ライラさんも、わかっていたって微笑んでくれた。

話が一区切りついたところで、ライラさんがアリアさんの遺品が入った箱を持ってきた。

そしてそれを、私に見せてくれる。

「あの子の遺品を持ってきてくださったのは、ナディ様だったのよ」

「え」

なんと、ライラさんはナディお姉さんとは面識があるんだそう。

……全然知らなかった。

「これは、五年前から一度も開けていないから……私も中を見るのは初めてね」

ライラさんがそう言って、しっかりと封がされていた箱を開けた。

中に入っていたのは、アリアさんが着ていた服や、よく読んでいたという古い本。

ひとつひとつ遺品を見ていくうちに、どんな人なのかわからずあやふやだった母親の姿が、だんだん形になっていくのを感じた。

私がアリアさんに思いを馳せていると、ライラさんがため息をついた。

「アリアは、『自分が死んだら、遺品は母に届けてほしい』と、ナディ様に頼んでいたそうなの。ナディ様は、しっかりと約束を守ってくださったのね」

（そうだったんだ……）

しばらく沈黙が続いたあと、ガルが口を開く。

「フィリスの存在は、そのときから知っておったのか？」

「ええ。ナディ様から、『アリアがフィリスという女児を産んだ』とは聞いていたの」

ガルの問いかけに、ライラさんは頷いた。

ナディお姉さんとライラさんの交流は、ゲランテに隠れてこっそりと行われていた。だから、ゲランテが公にしていない私を屋敷から連れ出すこともできず、ライラさんに会わせることはできなかったらしい。

でも、名前と成長記録みたいなものだけは、ナディお姉さんから欠かさず手紙で届いていたんだって。

（ナディお姉さん……そんなことまでしてたんだね）

それならそうと、言ってくれたらよかったのに……って、私はまだ幼児だし、それは無茶か。

「あら、これは……」

そのとき、ライラさんが、箱の中に何かを見つけたらしい。

ライラさんが大切そうに手にとったのは、古びた腕輪（アミュレット）。

（魔道具……？　なんだろう、この感じ……）

それを見て、私はなんとも言えない違和感を覚えた。

うっすらと魔力をまとっているから、多分魔道具なんだろうけど……魔力が不安定というか、ノイズがあるというか。今まで視てきた魔道具に、こんな視え方をするものはなかったはず。

「む、それは、まさか……」

すると、その腕輪（アミュレット）を見たガルの魔力が、驚いたように大きく揺れた。

珍しく、ガルがちょっと動揺してる。

（あの腕輪（アミュレット）に、何かあるのかな？）

「ガル、どうしたの？」

「……いや、なんでもない」

理由を聞こうとしたけど、適当にはぐらかされた。今は言いたくないらしい。

（……まぁ、私に関わるようなことだったら、そのうち教えてくれるかな）

なんて考えていると、ライラさんが持っていた腕輪を、私に差し出してきた。

「これは、我が家の女児に、代々受け継がれてきたものなのよ」

「へぇ……」

すごいものなんだなぁ……と思いつつ、なんとなく受け取ると、なぜかライラさんが満足そうに頷いた。

「というわけで、フィリス。それはあなたにあげるわ」

「うえっ!?」

にっこりと笑ったライラさんが、急にとんでもないことを言うから、私は焦って腕輪を取り落としそうになる。

（あ、危な……）

なんとかキャッチして、私は安堵の息をついた。

代々受け継がれてきたっていう大切なものを、なんの躊躇いもなく私にくれるなんて驚き。そんな気軽に渡していいものじゃないでしょ。

慌てて返そうとした私の手を、ライラさんが制する。

「私はアリアにそれを渡したの。そのアリアが産んだ女の子なら、ちゃんと受け継ぐべきでしょう?」

「それは……でも」

「いいの。それはあなたが持っているべきよ、フィリス」

……ライラさんは本気らしい。私が何を言っても、この腕輪(アミュレット)を私に渡すという意志は変わらなそう。

それに、ライラさんは、私を孫として扱ってくれている。これで断るのは、ライラさんに失礼かな。

「……だいじに、します」

「ふふふ、よろしくね」

結局、私は根負けして受け取ることにした。ライラさんは、嬉しそうに微笑んでいる。

（こ、壊さないようにしよう……）

家宝ともいえるような、不思議な腕輪(アミュレット)……うっかり壊しちゃいました、なんてことは絶対にしちゃいけない。私が腕輪(アミュレット)のプレッシャーと戦っていると、ライラさんが眉尻を下げてこっちを見た。

「それで、ひとつだけお願いがあるのだけど……」

「はい？」

……これは、腕輪(アミュレット)の対価？

どんなことを言われるんだろうと、私は思わず身構える。

「今晩は、ここに泊まっていってくれないかしら？　一度でいいから、孫と一緒に寝てみたくて……」

ライラさんが言ったのは、私の意表をつくなんとも可愛らしいお願い。

すると、それを聞いていたガルが、ポツリと呟く。

「ふむ……もう日も落ちてしまった。今からイタサに戻るのは不可能だな」

ガルは、遠回しだけど、私がライラさんの家に泊まることを了承した。

変に気を遣わせないように、わざとこういう言い方をしてるんだなって、私にはわかるけど……ライラさんはまだ不安そうな顔をしている。ガルの意図が、いまいち伝わってないみたい。

そこで私とガルは、顔を見合わせて頷いた。遠回しに……じゃなくて、直接言っちゃおう。

「ガル、とまっていいよね」

「うむ。せっかくの誘いだ。今晩はここに厄介になるとよかろう」

ガルの言葉に、ライラさんの魔力が嬉しそうに揺れた。

私も、まだまだライラさんとは話し足りないし、お泊まりはわくわくする。

（ところで……）

ガルはどうするんだろうと思って見上げると、それだけで言いたいことがわかったらしく、こっそりと耳打ちで教えてくれた。

「我はアシュターレ家の様子を探っておく。ここで変身を解くわけにはいくまい？」

「……たしかに」

ガルは眠らなくても平気だから、夜通しアシュターレ伯爵邸を見張っていられる。

そして何より、ガルが完全な人型に変身できる時間は限られてるんだよね。

ライラさんには正体を明かしていないから、狼の姿に戻っちゃうと大変なことになる。

（だから、いったん離れたほうが都合がいい……と）

「じゃあ、よろしく」

「任されよう」

ガルはそう囁いて、私の荷物だけを置いたあと、ライラさんの肩に手を添えた。

「明日の朝、迎えに来るとしよう。それまでは、お主にフィリスを任せるぞ」

「気を遣わせてしまったわね。でも、ありがとう」

「よいよい」

ひらひらと手を振りながら、ガルはライラさんの家を出ていった。

ライラさんになら、私を預けても大丈夫だと思ったらしい。

まぁ、私が心を開いている相手を、ガルは疑ったりしないだろうけどね。

「えぇっと……じゃあ、よろしくね」

「はい！」

緊張しているのか、若干声が硬くなっていて、動きがぎこちないライラさん。

そんなライラさんを安心させようと、私は明るい声で返事をする。

それから寝室に案内されて、ライラさんと一緒にベッドに横になったはいいものの、話が尽きることはなかった。

……結局、辺り(あた)が明るくなるまで、ずっと話し込んでしまっていた。


そして翌朝。

私を迎えに来たガルは、目の下に隈(くま)を作る私たちを見て、大きなため息をついた。

「なんだ、お主(ぬし)ら。寝ておらぬのか」

「ふぁ……たのしく、なっちゃって」

「ごめんなさいね。すっかり話し込んでしまったわ」

いつもなら日が落ちるころには眠くなるんだけど、昨日は興奮していたからか、全く眠くならなかったんだよね。でも、ライラさんとたっぷり話せたから、結果オーライ。

あくびをしながら笑う私を見て、ガルが肩を竦めた。

「まぁよい。ところで、アシュターレの様子だが……」

「あ、うん」

……ここに来た本来の目的を忘れていた。

ガルはどんな情報を持ってきたのかと、私は気を引き締める。

「……屋敷の中に人はおるようだが、一向に出てくる気配はないな。籠城でもしておるのやもしれん」

（ありゃ……）

ガルが呆れたように首を振った。

せっかくガルが張り込んでくれたのに、アシュターレ家の現状については、ほぼわからなかったみたい。流石に、夜は村人たちのデモ活動もなかったらしいけど、それでもゲランテたちが出てくることはなかったんだそう。

（ゲランテは新聞にも載ってたし、橋も落ちたままだし……）

橋の事件に関係しているということで、ゲランテは大々的に新聞に取り上げられていた。

もちろん絵姿も載（の）っていたし、高位貴族だから注目度も高いはず。

そんな状態で、屋敷から出て、どこかの宿に泊まっているとは思えない。

橋がまだ直ってないから、王都側に行くのは無理。

他国に逃げるのも……難しいよね。検問で止められそうだし。

（ここにいるのは、間違いないんだろうけど……）

ゲランテたちに出てくるつもりがないなら、多分いつまで待っても無駄に終わりそう。

「一度、イタサに戻るか」

「……うん。それがいいかも」

ガルの提案に、私は頷く。私は気長に張り込んでも構わないけど、イタサで待っているナディお姉さんが我慢できなくなりそう。焦（じ）れたナディお姉さんが私たちのあとを追ってこないうちに、現状報告のために戻ったほうがいいよね。

「そう……もう行ってしまうのね」

「……ごめんなさい。でも、いかなきゃ」

私たちの会話を聞いていたライラさんが、寂しそうに呟いた。

すごく名残惜（なごりお）しいけど、私はずっとここにいるわけにはいかない。

「ええ、わかっているわ。私も、あなたを縛るつもりはないの」

ライラさんはそう言いながら、私をぎゅっと抱きしめた。その声は、少し震えている。

「私のことを、忘れないでいてくれたら、それで十分よ」

「ぜったい……ぜったい、わすれません」

「ありがとう、フィリス」

私を強く抱きしめたまま、ライラさんが涙を流す。

我慢するつもりだったけど、私も泣いてしまった。

もう二度と会えないと決まったわけではないけど、やっぱり寂しい。

それからしばらくの間、私たちは涙を流し続けた。

……そして、いよいよ別れのとき。

「あなたたちに会えて、とても嬉しかったわ」

「たのしかったです」

微笑みながら答えると、ライラさんは私の頬に軽くキスをして、一歩後ろに下がった。

「世話になった」

ガルがライラさんに深く頭を下げて、私を抱えて歩き出す。

私はライラさんの姿が見えなくなるまで、手を振り続けた。

第二章　妖精の形見

ライラさんと別れ、私たちはイタサへと戻っていた。

もう半日くらい歩き続けて、人気（ひとけ）のない道に来ている。

ガルは今、魔力の消費を抑えるために、人化獣（ワービースト）の姿になっている。

そんなガルが、何かを思い出したように喉（のど）を鳴らした。

「昨日は、あえて言わなかったのだが……」

「？　なに？」

ガルの視線は私……というか、私の腕にはまった腕輪（アミュレット）に向いている。

「お主（ぬし）が受け取った、その腕輪（アミュレット）は……イズが身につけていたものだ」

「は？　えぇぇ⁉」

一瞬何を言われたかわからなくて、間の抜けた返事をしちゃったけど……今、さらっととんでもないことを言ったよね？

イズというのは、イズファァニアさんというひとの愛称。私も詳しい話は聞いていないんだけど、大昔にガルと旅をしていたという妖精の友人で、すでに亡くなってしまっているらしいのは知っている。

そのイズファニアさんの腕輪が、なぜか私の手元にある。

ガルがうそを言っていないのはわかるけど、ちょっと意味がわからない。

どうしてイズファニアさんのものを、アリアさんが持っていたの？

もしかして、ライラさんがこの腕輪を出したときにガルが驚いてたのって、そのせい？

というか、代々受け継がれてるものだって言ってたよね？

（ど、どういうこと？）

私が混乱しているのに気付いているのかいないのか……ガルは深ーいため息をついて、ぽつぽつと話し始めた。

「昔、その腕輪を手に入れたイズが、三日三晩我に自慢し続けてな……事あるごとに見せびらかしてきおった」

「うわぁ」

「それがイズのものであるのは、間違いない。何度も何度も見せられては、嫌でも頭にこびりつく。あやつの勝ち誇った顔が、今でも浮かぶわ」

ガルが言いながら、遠い目をしてる。相当自慢されたんだろうなぁ。

でも、なんでイズファニアさんの持ち物がここにあるのかがわからないまま。

……なんて思っていたら、ガルが私の頭をわしわしと撫でた。

「詳細は省(はぶ)くが、我は、イズの死に立ち会ったわけではないのだ」

「そうなの？」

「うむ。我がイズとともにおったのは、せいぜい二百年。我と別れたあと、あやつがどのような生を送ったのかは知らぬ」

せいぜいって……二百年でも相当長いと思うんだけど、聖獣や妖精にしてみれば、そんなでもないのかな。やっぱり、人と聖獣じゃ、時の感じ方が全然違うみたい。

「……それから三百年ほど経って、我はイズが亡くなっていたことを知った。いつ死んだのか、なぜ命を落としたのかは……今日に至るまで、結局わからぬままだが」

ガルが寂しそうに、そしてちょっと悔(くや)しそうに呟く。

仲が良かった友達が、自分の知らないところで亡くなっていたら悲しい。

もしかしたら、それを知らなかった自分に、ガルは怒っているのかもしれない。

「だが、お主(ぬし)とライラ、そしてその腕輪(アミュレット)を見て、我は確信した」

ガルの声が少し弾(はず)んだ。面白いものを見つけたとでもいうように、ガルの魔力がふわりと揺れる。

「お主の母方の家系は、間違いなく妖精……それも、イズファニアの血を継いでおる。あやつに子がおったのは驚きだがな」

「えっ？」

「そしてお主は、イズの血が最も濃く反映された先祖返りだ。人間離れした可憐な容姿と、その膨大な魔力は、妖精の性質が影響しておるのだろう」

「ええっ!?」

「お主に似ておったという母親も、恐らくイズの特性を持っておったのだろうな。全く、なんと運命的なことか」

「えぇぇぇ!?」

少し早口になったガルが、次々ととんでもない情報を笑顔でぶっちゃける。

驚きすぎて呆然としてしまう……心臓もバクバクする。

確かに、ガルに初めて会ったときに、私は妖精の先祖返りだとかなんとかって言われた。そのときは、「冗談だ」みたいな雰囲気だったから、私もさして気にしてなかったんだけど……まさか本当のことだったなんて。

（あ、頭痛くなってきた……）

私の寝不足の頭では、ガルからもたらされた爆弾のような情報は、理解のキャパシティを余裕で超えていた。グルグルと視界が回り、ひどい頭痛が私を襲う。

「む、混乱させてしまったか。すまぬなフィリス」

申し訳なさそうなガルに、私は首を横に振る。

「ううん……いいよ」

「お主が幼児だということを忘れ、イズにするように接してしまう……これではいかんなぁ」

ガルが申し訳なさそうに唸って、頭をガシガシとかいた。

イズファニアさんのように……か。

私はそれでも、ガルとの距離が近く感じられるからいい。

まぁ、精神的には大人だから、幼児にするように接してくれなくても大丈夫だし。

ガルは気を取り直したように、一度、大きく息を吐いた。

「一気にイタサまで駆ける。お主は少し寝ておけ」

「うん、そうする」

ガルに優しく撫でられたとたん、猛烈な睡魔が私を襲う。夜更かしをした反動かな。

タッタッタ、というガルの足音を子守歌に、私は眠りに落ちた。

それから、どのくらい経ったのか。

私は、頬をつんつんとつつかれる感覚で目を覚ました。

「ふふふ……あっ、起こしちゃったかしら」

「……エリステラさん？」

にこにこしながら私の頬をつついていたのは、ナディお姉さんたちを匿ってくれているはずのエリステラさん。どうして私のそばに……って思いながら、辺りを見回してみる。

すると、窓の外にきれいな街並みが見えた。ここはどこかの建物の一室かな。

（もう、イタサに着いてたんだ。寝過ごしたなぁ）

どうやら、私が爆睡している間にイタサの街に着いていたらしい。

ガルがあらかじめエリステラさんと合流できるように話してくれてたみたいだね。

でも、ガルの姿はどこにもない。近くにいるのは、エリステラさんだけっぽい。

「えっと……エリステラさんは、どうしてここに？」

「貴女が全然起きないからって、ガルが私に預けていったのよ。貴女が眠ったままだと、街を歩けないそうよ」

「なるほど……」

エリステラさんに説明されて、私はようやく状況が呑み込めた。

私は普段から、自分に対する感情を察知して、よくない反応は避けている。でも寝てる間は、流石（さすが）に魔力も感情も感知できない。

だからガルは、眠ったままの私を抱えて街歩きするのは、危険だと思ったんだね。

そう考えていた私に、エリステラさんが温かい紅茶を淹（い）れてくれた。

それを飲んでいると、エリステラさんが何かを思い出したのか「そういえば」と声を出した。

「ナディたちはもう少し借りておくわね。全然ノルマに達していないのよ」

「あ、はい」

ここにエリステラさんしかいないのは、ナディお姉さんたちの仕事がまだ終わっていないからということかな。

「ナディたちには、人目につかない倉庫の整理を任せたんだけど、これが全っ然進まないの。ナディったら、道具を指定した場所に戻さないし、すぐサボって逃げ出そうとするし……全く、真面目なエリーを、少しは見習ってほしいわね」

エリステラさんが、ぶつぶつと文句を言っている……思ったよりも、ナディお姉さんの仕事ぶりはひどいらしい。

（姉が、ご迷惑をおかけします……）

仕事が遅れているのは、ナディお姉さんの自業自得。なら私は気長に待っていよう。

そう思ったそのとき、ドアをノックする音が聞こえた。

「戻ったぞ。……む、フィリスも起きたようだな」

「おかえり、ガル」

街を散策していたらしいガルは、両手に大きな袋を抱えていた。

中身は見えないけど、パンパンに膨らんでて、かなり重そう。

「じゃ、私はナディたちの監視に戻るわね。はぁ……サボってないといいけど」

帰ってきたガルと入れ代わるように、エリステラさんがため息をつきながら部屋を出ていった。

ナディお姉さんたちが戻ってくるのは、まだちょっと先かな？

「ガル、それなに？」

「これか？」

袋の中身が気になって聞くと、ガルは中身を取り出して私に見せてくれた。

「……ほん？」

「お主のためにと思ってな。探してきた」

ガルは金の細工が施された革の装丁が目を惹く、辞書みたいな分厚い本を、袋の中から大量にドサドサと出していく。もしかして袋の中身は、全部本？

あっという間に、私がいるベッドの高さまで本が積み上がった。

「これは魔導書……魔法を学ぶための本だ。この街の書店はなかなかよいな。質のよい魔導書が大量に出回っておる」

ガルは本のタワーをポンポンと叩きながら、豪快に笑う。

魔法を覚えるためって言われれば、興味はあるけど……一番上の本をちらっと見ると、小さな文字がびっしりと書いてあった。

これは、一冊読むのに何日かかるんだろう……というか、私が読める内容なのかな。

「こんなに、いる？」

「お主もだが、いくつかはエリーのために買ってきたのだ。あやつも、使える魔法には偏りがあるだろう」

（そういうことね……）

ガルは私だけじゃなく、エリーにも勉強させようとしてるらしい。

エリーは、防御型の魔法に適性があって、その中でも身を隠す魔法が得意。

《ギフト》も隠れることに特化したものらしく、初めて聞いたときは忍者みたいだと思った。

……実際、なんでもありのかくれんぼをしたときは、私の能力をフルに使っても、すぐ近くにいたエリーを見つけることはできなかった。

それだけの力があっても、ガルからすればまだまだらしい。

「いくら隠密能力に優れているとはいえ、それしかできないのではいずれ対応できぬときが来る。隠密系の魔法が通じぬ生物も、それなりにおるのでな」

「そうなんだ……」

それは知らなかった。私が頷くと、ガルは強めに私の頭を撫でた。

「我やナディとて、常に全てを守れるとは限らぬ。エリーが自身の身を守れるのであれば、我らの負担も減るというわけだ」

「なるほど」

私も守ってもらう立場だから、あまり偉そうには言えないけど……エリーだけじゃなく、ナディお姉さんたちのためにもなるなら、エリーには頑張って魔法を覚えてほしい。

私は見るだけで魔法を覚えられるけど、エリーはそうもいかないもんね。

他人事のように、大変だなぁ……と思ったのも束の間。

「フィリス。お主はまず、この本を読めるようになるのだ」

「え」

エリーに比べたら、私は楽できる……とか考えてたら、ガルにとんでもない宿題を出された。

「魔法を理解できても、使いどころを間違えてはいかん。強い力を持つお主(ぬし)は、なおさらな。この本には戦術理論なども載(の)っておるゆえ、学習には最適だろう」

「はぁい……」

笑顔のガルが、今だけは鬼のように見える。

何も言い返せないので、私は渋々頷いた。

確かに、私の力は間違った使い方をすると大変なことになる。

それはわかってるんだけど……難しい言葉がびっしり書かれた分厚い本を読むことになるなんて、ちっとも思わなかった。もうちょっと易しい本はなかったのかな。

(がんばろ……)

私がため息をついて勉強を始めようとしたら、ガルに頭を撫でられた。

「ところでフィリス、腕輪(アミュレット)の話は覚えておるか？」

「うん、いちおう……」

突然聞かれて、私が戸惑(とまど)いながら答えると、ガルは優しい口調で言う。

「まぁ、話したのは我だが、あまり難しく考える必要はないぞ」

ガルが私を心配してくれているのがわかる。イズファニアさんの先祖返りだって話を聞いた直後に、私が気を失うように眠ってしまったせいかもしれない。

「それでだ。お主(ぬし)にひとつ、相談がある」

「ん？」

ガルが姿勢を正した。こんなに真剣な様子を見せるのは珍しいかもしれない。

どんなことをお願いされるんだろうと、私も思わずベッドに正座する。

「その腕輪(アミュレット)を、修復するのはどうだろうか」

「……どういうこと？」

ガルの言うことが理解できず、私は首を傾げる。

修復って、確かにちょっと古ぼけてはいるけど、直すところなんてないように見える。

「今は壊れてしまっているが、イズの腕輪(アミュレット)は、元は魔道具であったはずなのだ。どのような効果があったのかは、我も知らぬが……」

（あぁ、なるほど。これ、壊れてたんだ）

腕輪(アミュレット)に違和感を覚えたのは、魔道具として壊れてるからだったらしい。

ガルのお願いっていうのは、イズファニアさんの腕輪(アミュレット)を元の状態に直したいから、貸してほしいってことかな？　そんなに改まって言わなくてもいいのに。

するとガルがぽつりと呟く。

「……イズは最後まで、頑なに魔道具の効果を教えてはくれなんだ。ゆえに、目の前にあるとなっては気になって仕方がない」

「だから、なおしたい？」

「うむ。どうだろうか」

ガルがソワソワしてるのは珍しい。

もうちょっと見ていたい気もするけど、私もいじわるじゃないからね。

「いいよ。わたしも、きになるから」

「そうか……うむ、それはよかった」

私が頷くと、ガルは安堵したようにため息をついた。

すぐに修復するのかと思って腕輪を渡そうとしたら、ガルは首を横に振った。

「残念だが、それを預かったとしても我に腕輪は直せん」

「え、じゃあ……どうするの？」

それならどうやって修復するのかと思って私が聞くと、ガルは荷物の中から大きめの手鏡のようなものを取り出した。魔力をまとっているから、この鏡も魔道具みたい。

「それは？」

「通信鏡（メッセージミラー）という。離れた相手と、鏡を通して会話ができるという魔道具でな。ここに来たときに、エリステラから買い取ったものだ」

「へぇ」

……いくらしたんだろう、っていうのはあえて考えない。

通信鏡（メッセージミラー）は、ナディお姉さんが使った手紙鳥（メールバード）とは違って、前世のテレビ電話のようなことができるんだとか。エリステラさん、よくこんな魔道具を持ってたなぁ。

「これで、イオリアに修復を頼もうと思う」

「なるほど」

ガルの提案に、私は頷いた。

確かに、イオリアさんは錬金術が使えるらしいから、壊れた魔道具を直せるかもしれない。

今からイオリアさんがいる、ダナーリオ公国の冒険者の休憩所に行くのはちょっと大変。

でも、移動せずに話せるなら楽だよね。……と思ったけど、そう簡単ではないらしい。

「通信には大量の魔力を使う。我は変身を解くわけにはいかぬゆえ、すまぬがお主（ぬし）の魔力を借りたい」

「いいよ、いっぱいつかって」

ぐっすり寝て、体調も万全だし……今のところ魔法とか、魔力を使う予定もない。

私の大量の魔力が役に立つなら、いくらでも協力する。

「助かる。では頼むぞ」

「うん！」

私は笑顔で、ガルのお願いを了承した。

早速イオリアさんを呼び出すということだったので、ガルから通信鏡を受け取る。

どうやって使うのかわからなかったけど、イオリアさんを思い浮かべていればいいということだったから、やってみる。魔道具の基本的な使い方は、もう勉強したから大丈夫。

（動力源の魔石に、魔力を……流す！）

持ち手のところに埋め込まれた魔石に、慎重に魔力を流していく。少しすると、鏡に映っていた私の顔がぼやけていった。

その代わり、私がいる部屋のものじゃない景色が、うっすらと見えてくる。

それを見たガルは満足そうに頷いて、私を抱き上げた。そして、鏡を二人で一緒に見られるように姿勢を変える。

「繋がったな。しばらくそのまま魔力を維持してくれるか」

「わかった」

ぼんやりしていた景色が、だんだんはっきりしてくる。

でも、誰も映ってないような……イオリアさんに繋ぐはずだったけど、まさか失敗？

私がそう思ったとき、鏡の向こうから声が聞こえてきた。

『――通信鏡？　あたしに繋ぐなんて、誰だろ』

鏡に、オレンジの髪の若い女性の姿が映った。私が視力を得てからイオリアさんと対話したのは、これが初めて。だからもちろん初めて見たんだけど、その声は聞き間違えるはずがない。

イオリアさんが若く見えるとは聞いていたけど、思ったよりもずっと若い……お母さんっていうより、お姉さんって感じでびっくりした。

「イオリアさん！」

『うっそ⁉　フィリス⁉』

私が呼びかけると、イオリアさんはものすごく驚いたような表情になって、大きな声を出した。

通信鏡越しだと、感情や魔力の揺らぎは感知できないみたいだけど、あまり困らないから大丈夫だね。

「我もおるが」

『でしょーね。流石に、フィリス一人で通信してるとは思ってないから』

忘れるなと言わんばかりに声をあげるガルを、イオリアさんが適当にあしらう。

そんなに時間は経ってないはずなのに、なんだかすごく懐かしく感じるやり取り。

「さて、フィリスの魔力も有限なのでな。早速本題に入るぞ」

挨拶もそこそこに、ガルがイオリアさんに切り出した。イオリアさんは肩を竦める。

『ホントに早速だねー。まぁ仕方ないか。んで、なに？』

私が話すことはなさそうなので、二人の会話に耳を傾けることにした。

「まずは知っておいてほしいのだが、フィリスはイズの先祖返りだ」

ガルがいきなり、私とイズファニアさんの関係について、イオリアさんに教えた。

それを聞いたイオリアさんは、意外そうな顔はしたけど、すぐにうんうんと頷いた。

『イズちゃんと関わりがあるとは思ってたけど……そっかー、先祖返りだったかー。納得納得』

イオリアさんは、なんとなく私とイズファニアさんの関係には気付いていたっぽい。

ガルの言葉で腑に落ちたみたい。

イオリアさんが納得したのを見て、ガルが話を続ける。

「――というわけでな。腕輪の修復を頼みたいのだが」

『なるほどねー。うーん……』

ガルのお願いに、イオリアさんは難しい表情を浮かべた。

『ちょっと、その腕輪見せて』

「あ、はい」

腕輪を腕にはめたまま、私は鏡に映るように腕を伸ばす。

腕輪を見たイオリアさんは、首を横に振った。

『うーん、やっぱ金属と宝石だねー。それ、あたしじゃ直せないかな』

ガルは、これは予想外って顔をした。そんなガルを一瞥して、イオリアさんは再び口を開く。

『あたしが使う錬金術は、金属の加工ができないんだよねー。木材とか、布ならよかったんだけど』

なんでもできると思っていたイオリアさんにも、できないことはあったらしい。

頼みの綱だったイオリアさんに断られてしまったけど、どうやって腕輪を直すんだろう？

私がそう思っていたら、イオリアさんがポンと手を叩いた。

『っていうか、ガル。金属と宝石なら、あたしなんかよりもっと適任がいるでしょ』

「む？　はて……そのような者がおったか？」

なんと、イオリアさんよりも、腕輪（アミュレット）の修復に適したひとがいるらしい。

でも、いまいちピンときていなさそうなガルに、イオリアさんは盛大なため息をついた。

『いやいや、まだボケるような歳じゃないでしょーに。クルスくんのこと、忘れたの？』

「おぉ！　そういえば、あやつがおったわ」

『忘れてたんかい！』

鏡越しに、イオリアさんの鋭（するど）いツッコミが炸裂（さくれつ）する。

どうやらガルは、本気で忘れていたらしい。

（クルス……って、誰だろう？）

イオリアさんが口にした名前に、聞き覚えはない。

けど、ガルとイオリアさんの知り合いってことは……もしかしてそのひとも人間じゃない？

ガルが忘れるほど、昔の知り合いとかなのかな。

そう考える私をよそに、ガルはイオリアさんに尋ねる。

「あやつはまだ、あの森に住んでおるのか？」

『あたし、休憩所から出ないから知らないよ。でも、まだいるんじゃない？　クルスくんだけで、どっか行ったりしないでしょ』

「それもそうだな。まぁ、行ってみるのが手っ取り早いか」

クルスというひとは、どうやらどこかの森に住んでいるらしい。けど、ガルもイオリアさんも、今もそこにいるかどうかはわからないみたい。

『あたし、今回は役に立てそうにないねー』

ため息をつくイオリアさんに、ガルは首を横に振る。

「そうでもなかろう。お主がおらねば、クルスのことは思い出さなかったはずだ」

『……友達のこと、忘れちゃだめだよ。でも、無駄じゃないならよかった』

イオリアさんがなんとも言えない顔をしている。何か言いたいことは多そうだけど、通信鏡で話せる時間は長くないから、ぐっと堪えているっぽい。

代わりに、イオリアさんはジトッとした視線をガルに向けてる。

ガルはそれに気付く様子もなく、淡々と言う。

「そろそろ、フィリスの魔力でも限界だろう。通信を切るぞ」

『はいはい。あーいや、ちょっと待って』

ガルが通信を終わらせようとしたら、イオリアさんがそれを止めた。

そして、私を見てにっこりと笑みを浮かべた。

『遅くなったけど……フィリスの目、見えるようになったんだね。おめでとう！』

「ありがとう、ございます」

まさかそんなことを言ってくれるとは思っておらず、私は言葉に詰まる。

微笑んだイオリアさんは、優しい声で続けた。

『すぐにじゃなくてもいいからさ、また遊びにおいでよ。もちろんそのときは、ナディちゃんも連れてきてね！』

「はい！」

イオリアさんは、私がナディお姉さんと再会できたことを知ってたのかな？

それとも、もう会えてるって確信してたのかな。

どちらにせよ、今度はナディお姉さんとエリーも連れて、イオリアさんのところに遊びに行こう。

『じゃーね！　もう切っていいよん』

ウインクをしたイオリアさんが、鏡から消えた。

通信を切ってもいいと言われたので、私は魔道具に流し続けていた魔力を止める。

すると、またモヤがかかったようになって、しばらくするとただの鏡に戻った。

「助かったぞ、フィリス。おかげでよい情報が手に入った」

ガルは私をベッドに座らせて、優しく頭を撫でてくれる。

……単に、ガルがクルスという友達のことを忘れてただけじゃない？　っていうのは、言わないでおこう。

結果として思い出せたなら、それでいいもん。

「しかし、だいぶ魔力を使わせてしまったな」

「だいじょうぶだよ」

私は平気なんだけど、ガルは心配そうな表情をしている。

「そうかもしれぬがな。そろそろナディたちも戻ってくるころだろう。それまでは休んでおれ」

「わかった」

通信鏡(メッセージミラー)で通信している間は、確かに魔力をゴリゴリ削(けず)られたけど、私の体調に変化はない。

それでも、ガルが休めって言うなら、おとなしく休もう。

……それからしばらく。日がだんだん傾いてきて、辺りが薄暗くなってきた。

（ナディお姉さんたち、遅いなぁ……）

結構時間が経ったはずなのに、ナディお姉さんたちはまだ戻ってこない。

いい加減、何かあったんじゃないかと心配していると、そんな私の様子に気が付いたらしいガルが喉を鳴らす。

そして、人化獣の姿で魔力の消費を抑えていたはずなのに、突然、完全な人に変身した。

「ナディたちの居場所は、エリステラに聞いておる。様子を見に行くか？」

「！　いきたい！」

間髪を容れずに私が答えると、ガルは頷く。

「うむ。では行くか。だが一応、お主は顔を隠しておいたほうがよいな」

「うん、わかった」

ガルにそう言われて、私は慌てて準備をする。

過去一番の速さで身支度を終えたら、待っていたガルが私を抱き上げた。

廊下に出ると、目の前に噴水のある中庭が見えた。ずっと部屋にこもっていたからわからなかったけど、今まで泊まってきた宿とかに比べると、なんだか生活感がある。ここはどこかの家らしい。

（エリステラさんのお家かな？　きれい……）

私が景色に見惚れている間にも、ガルはずんずん進む。

ナディお姉さんたちがいる倉庫は、この建物に併設されているらしく、外に出なくても行くことができるみたい。

倉庫の近くまで行くと、声が聞こえてきた。くぐもっていてよくわからないけど、なんだか怒ってるっぽい。

壁が分厚いのか、何か特殊な加工でもされているのか、中にいる人の魔力は感知できない。

でも、声はするから誰かいるのは間違いない。

ということで、鉄でできた大きな扉を少しだけ開けて、倉庫の中の様子を窺うことにした。

「だーかーら！　これはあっちの棚だって、何度言ったらわかるのよ⁉」

「入ればいいんじゃないの？」

「あとでわからなくなるって言ってるでしょう⁉　あーほらまた！　適当に置かないで！」

「えぇぇー……」

叫んでいたのは、エリステラさんだったみたい。指示通りに仕事をしないナディお姉さんに激怒してる。

……ナディお姉さんがズボラなのは知っていたけど、これはひどい。どう贔屓目に見ても、エリステラさんの仕事を余計に増やしてるようにしか思えない。

「「……」」

あまりの惨状に私とガルが絶句していると、ナディお姉さんは私に気が付いたのか、満面の笑みを浮かべた。

「フィーちゃん！」

「あっ!?　コラ逃げんな！　って、あぁ……来ていたのね」

こちらに走り寄ってくるナディお姉さん。

追いかけながら叱っているエリステラさんも、私たちに気が付いた。

ナディお姉さんは、そのまま私に飛びつこうとする。

「フィーちゃ……え？」

そんなナディお姉さんを、ガルは私を抱えたままちょっとだけ動いて、華麗に躱した。

私の横を素通りする形になったナディお姉さんは、何も掴めなかった手を見て呆然としている。

ガルはナディお姉さんには目もくれず、エリステラさんに話しかける。

「あまりに遅かったのでな。様子を見に来た」

「そう。でも、見ての通りよ。昨日から、ずっとこんな感じなのよね……」

エリステラさんが、それはそれは深いため息をついた。

かなり疲れた様子のエリステラさんを見ていると、なんだか申し訳ない気持ちになる。

……ナディお姉さんが、ご迷惑をおかけしてます。

するとガルが、キョロキョロと視線を巡らす。

「エリーはどうした？」

「奥で真面目に働いてるわね。ナディのぶんも、あの子が粗方やったのよ」

「大したものだな」

エリーは、エリステラさんが感心するくらい真面目に働いているらしい。

そのとき、奥から埃まみれのエリーが現れた。埃ひとつついていなかったナディお姉さんとは、えらい違いだね。

「あ、フィリスさま。戻っていらしたんですね」

「うん。おつかれ、エリー」

「ありがとうございます」

体についた埃（ほこり）を落としながら、柔らかく私に微笑むエリー。絶対疲れてるはずなのに、それを顔には出さない。

頑張るのはいいけど、無理はしちゃだめだよ。

「貴女（あなた）はもう、十分すぎるほど働いたわ。というか、ナディに科した罰（ばつ）なんだから、貴女（あなた）はやらなくてもよかったのよ？」

エリステラさんが、エリーを労（ねぎら）った。

なんとエリーは、自分がやらなくてもいいことを、率先してやっていたみたい。

「あはは……見ているだけというのも、なんだか心苦しくて。それにその、ナディさまはあんな状態ですし……」

「それはまぁ……そうね。エリーがいなかったら、もっと悲惨（ひさん）だったわね」

苦笑するエリーと、ため息をついたエリステラさんが、ナディお姉さんに視線を向ける。

そのナディお姉さんは、私に……というかガルに拒否されたのがよっぽどショックだったのか、しくしくと泣きながら崩れ落ちていた。

「自業自得（じごうじとく）だ。やるべきことを終わらせるまで、フィリスには触（ふ）れさせせぬ」

「そんなっ⁉　ひどいわガル！」

「きちんとやっておれば、好きにさせたのだがな」

「うぐぅぅ……」

ガルの宣言に、悲鳴のような声を出すナディお姉さん。

それでも諦めていないのか、私に触れようと何度も手を伸ばすけど、全部ガルがよけるから、かすりもしない。

別に、触られようと抱きしめられようと、構わないんだけど……ガルがナディお姉さんのためにならないって判断したのなら、私は何も言わない。

エリステラさんは何度目かわからないため息をついて、ナディお姉さんに告げる。

「とりあえず、今日はここまでね。でもナディ、きちんとノルマは終わらせなさいよ」

「そんなぁ」

「終わるまで、解放しないから」

ぴしゃりと言いきったエリステラさん。ナディお姉さんはがっくりと肩を落とす。

何日かかるかわからないけど、ナディお姉さんには頑張ってほしい。

「エリーは、もう手伝わなくていいわ。ナディの甘えは聞かないで」

「あ、はい。わかりました」

エリーは解放されたみたい。ナディお姉さんは、翌日から一人で倉庫の仕事をすることになった。

腕輪（アミュレット）の修復のために、ガルの友達を訪ねる話は……夕食のときにすればいいかな。

私たちは夕食の席で、アシュターレの屋敷にデモをする人々が集まっていたこと、ライラさんに会ってアリアさんの形見をもらったことをみんなに話した。

アシュターレの話題には呆（あき）れた様子で、ライラさんのことはものすごく嬉しそうに聞いてくれたナディお姉さんだけど……食事を終えた瞬間、エリステラさんにまた倉庫へと連れていかれていた。

本当に、仕事が終わるまで解放されないらしい。

……そして、それから二日。

ようやくナディお姉さんが、与えられた仕事を終えた。

というか、エリステラさんが指導と監視を投げ出して、途中で強制終了になった。

そして、エリステラさんを呆（あき）れさせたナディお姉さんは、今私を思いっきり抱きしめている。

「はぁぁ……癒（いや）されるわ」

「ぐぇ」

……合計三日以上の隔離（かくり）生活で、ナディお姉さんの私愛（フィリス）が加速したらしい。

解放されてからずっと、私を抱きしめて離さない。

そんな私たちの様子を、エリステラさんは冷たい目で見ていた。

「あんまりやると、フィリスが潰れるわよ」

逃げようとして体を動かすと、ナディお姉さんの力が強くなる。

エリステラさんの言う通り、これ以上締めつけられると私が潰れる。

ということで脱出は諦めて、同じ部屋にいるガルも交えて、今後の予定を決めることにした。クルスさんってひとに会いに行きたいことは、ナディお姉さんたちには共有済み。

「先ほど地図を確認したが、我らが目指すのは隣国だな。それほど遠くもないが、隣国との仲はどうなっておるのだ？　両国間の移動は可能か？」

ガルは地図を広げながら、エリステラさんに必要な情報を聞いた。

今回は、ナディお姉さんたちもいるからお忍びの旅になる。ガルは大人数での移動は慣れていないだろうし、聞けることはなんでも聞いておこうという気持ちが伝わってくる。

「ベディア王国ね。エイス王国の友好国で、国境検問もそこまで厳しくはないはずよ」

「ほう。問題はなさそうだな」

エリステラさんの返事を聞いて、ガルは安心したように頷いた。

「ただ、ナディは通れるかどうかわからないわね。検問も警戒しているでしょうし」

「ふむ……」

確かに、いくら友好国とはいえ、国境に検問がないわけではない。

ナディお姉さんは今、行方不明の伯爵令嬢で、強力な魔法を扱う有名人。そんな人が検問を通ったら、普通にバレるらしい。……私を抱いてだらけている姿からは想像できないけど、ナディお姉さんって本当にすごい人なんだね。

「素直に検問なんてぇ、通らなくてもいいのよぉ」

「えっ？」

悩んでいる私たちをよそに、当のナディお姉さんはのんびりと言った。

私の背中に顔を埋めているからなのか、妙に間延びした喋り方になってる。

「国境っていってもねぇ、全域を見張っているわけじゃないの。アシュタール領の南にある森を抜けて、そのまま南下したらいいわぁ」

ナディお姉さんは地図を暗記しているのか、見もせずに完璧なルートを示した。

「確かにこの面子であれば、不可能ではないだろうが……」

「見つかったら、大変なことになりますね」

でも、ガルとエリーは渋い顔をしている。

検問を通らない国境越えは、もちろん見つかったら咎(とが)められる。だから、二人は乗り気じゃないんだろうけど……ナディお姉さんは、急に立ち上がって拳(こぶし)を握りしめた。

「私だけお留守番なんて、もう絶対嫌なのよ！　この際どんな手を使ってでも、フィーちゃんとの旅を楽しむわ！」

「ナディがバカになってる気がするわね……いえ、これが本性なのかしら？」

ナディお姉さんはやる気に満(み)ちあふれている。それを見たエリステラさんが、深いため息をついた。

……多分、エリステラさんが言う通り、ナディお姉さんは変わってない。

貴族じゃなくなったから、外でも飾らなくなっただけなんだと思う。

だからこれが、ナディお姉さん本来の性格ってことなんだろうなぁ。

少しの沈黙のあと、エリステラさんが口を開いた。

「まぁ……今回は、何も聞かなかったことにしてあげるわ。行き先なんて知らない」

「ありがとう、エリステラ」

感激したように目を輝かせるナディお姉さんに、エリステラさんは鋭(するど)い視線を向ける。

「その代わり！　何かやらかしても、私の名前は出さないでよね」

「ええ、わかっているわ」

結構堂々としているように見えるけど、エリステラさんは秘密の協力者。私たちが原因で、エリステラさんが注目されるのはなんとしても避けたい。

そのとき、しばらく何かを考え込んでいたガルが、ふと顔を上げて頷いた。

「では、ナディの案で行くか」

「そうこなくっちゃ！　流石（さすが）ガル、話がわかるわね！」

明るい声をあげるナディお姉さんを、エリーが若干諦めたように見た。

「あ、結局行くんですね」

「あら、エリーは待っていてもいいのよ？」

「そんなこと言わないでくださいよぅ！　行きます！　行きますから！」

ナディお姉さんがいたずらっぽく笑って、エリーをからかってる。

エリーも、イタサでお留守番するよりも、私たちと一緒に来たいらしい。

「出発は、早いほうがいいわね」

ナディお姉さんは、もう出発する気満々。そしていそいそと荷物のチェックを始めた。

すぐにでも飛び出していきそうなナディお姉さんを、ガルが止める。

「準備もあるゆえ、出るのは明日でもよかろう。それでいいか、フィリス」

「うん。いいよ」

（というか、私は抱っこされてるだけだし……）

基本的に、私はガルたちが行きたいところについていくだけ。

それでも十分嬉しいし、何より、私が知らないものをたくさん見られるから楽しい。

よほど危険じゃない限り、私は何も言わないよ。

それに、今回は私とガルにとって、大事な旅になるだろうし。

「そうと決まれば……エリステラ！　必要な道具を買ってきてもらえないかしら？」

ナディお姉さんが素早く何かをメモして、エリステラさんに渡した。

……って、ナディお姉さん、必要なものの準備をしてないのに出発しようとしてたの？

なんて行き当たりばったりな……大丈夫かな。

エリステラさんは、こめかみを揉みつつ頷く。

「そう言うと思ったわ。はぁ……ほんと、人使いの荒いお嬢様ね」

「ご、ごめんなさい……」

「貴女は謝らなくていいのよ、フィリス。悪いのはナディだから」

かなり疲れた様子のエリステラさんに反射的に謝ると、エリステラさんは優しく微笑んで、私の頭を撫でてくれた。

もうすでに、大迷惑をかけてるけど……あまりにもひどいようなら、私がナディお姉さんを叱ろう。

（私が「きらい！」とか言ったら、多分おとなしくなるでしょ）

まぁでも、これはあくまで最終手段。普通に言って聞いてくれるなら、使わないで済むんだけど。

今日一日は、エリステラさんに道具を買い集めてもらって、旅の準備をすることになった。

途中で何があるかわからないから、多めに道具類を持っていってもいいかな。

旅のことを考えていたら、私の胸はほんの少し高鳴った。


そして翌朝。私たちは今、エリステラさんと再会した森の入り口にいる。

ナディお姉さんが見つからずにイタサから出るために、入ったときと同じ方法でエリステラさんが私たちを送ってくれた。

「私が手伝えるのはここまでよ。あとは頑張りなさい」

「ええ。ありがとう、エリステラ」

励ましてくれるエリステラさんに、ナディお姉さんがお礼を言う。

ここからは、私たちだけでなんとかしないといけない。

隠れながら移動するのは簡単じゃなさそうだけど、まだアシュターレ家のごたごたが解決していないから気を付けないと。

（有名人って大変なんだね……当の本人は、全く気にしてなさそうだけど）

一番隠れてなきゃいけないはずのナディお姉さんは、それがどうしたと言わんばかりにけらけらと笑っている。

「さーて、行くわよ！　目指せベディア王国！」

「今からはしゃいでおっては、森を抜けるまで体力が持たぬぞ」

「……それもそうね」

子どもみたいに目を輝かせていたナディお姉さんは、ガルに窘(たしな)められてちょっと落ち着いた。

それでも、魔力は楽しそうに揺れている。

反対に、エリーは今にも吐きそうなほど青い顔をしてるんだけど……大丈夫かな。

魔力に異常はないけど、もしかしてどこか具合が悪いのかも。

「エリー、だいじょうぶ？」

「だ、大丈夫です。ちょっと緊張で、寝不足なだけです……」

私の問いかけに、エリーが力なく笑みを浮かべる。

（うーん、これはよくない……）

私も、寝不足の辛さはよくわかってる。それに、これから森を移動するのに、ふらふらして注意力が散漫になるのもよくない。木の根っことかに引っかかって、転んじゃうかも。

（あ、だったら、歩かせなきゃいいんだ）

何も、具合が悪いエリーを、無理に歩かせる必要なんてない。

……狼姿のガルなら、私とエリーの二人を乗せても、多分なんの問題もないよね。

「ガル。エリーものせて」

「む？　あぁ、そういうことか。よかろう」

ガルはエリーの様子を見て、察してくれたらしい。辺りに人がいないのを確かめてから、本来の狼の姿に戻った。

私がその背によじ登ったのを確認したあと、口を開く。

「よし、エリー。我の背に乗るがよい」

「へ？　い、いやいやいや!?　聖獣さまの背中に乗るなんてそんな……」

「フィリスは乗っておるだろう。気にすることはない」

「でもぉ……」

エリーはガルの背中に乗りたくない……というか、乗るのは迷惑だと思っているみたい。

聖獣は神様の使いっていう認識が強いからかな？

すると、エリーがおろおろと困惑しているのを見かねたのか、ナディお姉さんが動いた。

「せっかくなんだし、甘えておきなさいっ！」

「ひゃ、え、わぁああ⁉」

ナディお姉さんが、後ろから抱きつくようにしてエリーの体を持ち上げて、全身をバネのように使って真上に投げた。ぐるん！　と勢いよく空中で回転したエリーが、いろんな感情がごちゃ混ぜになったような悲鳴をあげる。

ガルは落下するエリーの真下に体を素早くもぐり込ませて、難なくキャッチした。

すると、私の背中に覆い被さるように、エリーがもたれかかってくる。

「エリー？」

「はわぁ～……」

（あらら）

どうしたのかと思ったら、エリーはいきなり投げ飛ばされて、思いっきり目を回していた。

……とりあえず、エリーをガルの背中に乗せることはできたし、いいかな。

「一応、落とさぬようには気を付けるが……フィリス、もし落ちそうなら言うがよい」

「わかった」

「さぁ！　今度こそ出発よ！」

ナディお姉さんの号令で、ガルはゆっくりと歩き出した。

エリーを落とさないため、あまり体を揺らさないようにしてくれている。

ここから国境までは、まっすぐ移動しても三日はかかるらしい。

目的地に着くまで、何もないといいけど。

私の、魔物を引き寄せるっていうふざけた体質も、《ギフト》で改善されてる。

ナディお姉さんもいるし、以前よりは楽な旅ができるはず。

（……なんて思っていた私がバカでした）

深い森の中っていうのは、本当にいつ何が起こるかわからない。

「いきなり問題発生ねぇ」

そんなことを言いつつも、のんびりとしたナディお姉さん。それを聞いたガルが喉を鳴らした。

「走るぞ、ナディ。フィリス、エリー、振り落とされるでないぞ！」

木々が生い茂る森の中を、私たちを乗せたガルと、魔法を使って足元を濡らしたナディお姉さんが疾走する。

ナディお姉さんは、水がある場所で身体能力を大幅に強化できる《ギフト》、《水辺の舞踏》を使っているのか、狼姿で走るガルより速い。

……とまぁ、そんなことはどうでもいい。

「わぁぁぁぁ!?」

「ひぃぃぃ!?　落ちる！　落ちちゃいますぅぅ!?」

ガルに必死でしがみつく私とエリーに、何かを考えている余裕なんてない。

エリーは復活したばかりだから、余計に混乱してるみたい。

（ま、またこれぇぇぇ!?）

……そう、私たちは、また魔物の群れに追われている。

ガルジェットコースター、再び。

目が見えなかったときも怖かったけど、超高速で景色が流れているのが見えるようになったから、今回はさらに怖い。

私とガルは魔力が特殊だから、遠くにいる魔物なんかは寄せつけない。

けど、ナディお姉さんとエリーはそうじゃないのをすっかり忘れてた。

……二人の魔力に惹かれて集まってきた魔物が、群れになって突然襲ってくるとは思わなかった。

「あの数は、ちょーっと厳しいかしら？」

「対処は問題なかろう。だが、森を破壊することは極力避けたい」

「なら、開けた場所を探しましょうか」

「うむ、それがよいだろう」

なんでナディお姉さんとガルは、全力疾走してるのに普通に会話ができるんだろう。

しかも、私たちを追いかける魔物の群れを見ても、なんでもないというような余裕ぶり。

（殺気が……！）

魔物からちくちく刺さるような殺気を浴びせられて、無意識に体が震える。

エリーが後ろから支えてくれていなかったら、私はガルの背中から落ちてしまっていたかもしれない。

するとそのとき、急に視界が開けた。どうやら、大きな川のそばに出たらしい。

「ここならよいだろう。ナディ、全力でやれ！」

「言われなくとも！」

ガリガリと砂利を巻き上げながら、ナディお姉さんとガルが急制動をかけた。

背中に乗っている私たちが吹き飛ばされないように、ガルが風でガードしてくれたみたいだけど、それでも強力な重力がのしかかる。

それを堪えてナディお姉さんに目を向けると、荒れ狂う海のような魔力が視えた。

「久しぶりに使うわね！」

ナディお姉さんが、腕を突き出して魔力を集中させる。

全力で魔法を使うナディお姉さんをしっかりと見るのは、これが初めてかもしれない。

「〈果てなき欲求、喰い尽くせ。来たれ、大海の覇者——海帝〉！」

ナディお姉さんにしては、長くて丁寧な詠唱。それだけ難しい魔法なのかな。

——オオオオオオオオ！

すると、ナディお姉さんに応えるように、近くにあった川の水が不思議な音を立てながら盛り上がった。

水のうねりが、荘厳な歌のように辺りに響き渡る。

「す、すご……」

「こ、これが、ナディさまの魔法……！」

私とエリーは、魔物の群れが迫っていることも忘れて、ナディお姉さんの魔法に見入った。

やがて、空中に浮かんだ大量の水が、大きな生き物の形をとる。

優雅に、そして大迫力で空を泳ぐそれは、前世の私がよく知っているクジラの姿をしていた。

水でできた巨体が、光を透過してキラキラと輝く。

（……なんてきれいな魔法……）

「〈行きなさい〉」

——オオオオオオオオ！

ナディお姉さんが静かに呟くと、ゆっくりと水のクジラが空を舞う。

踊るように腕を振って、魔力を飛ばしてクジラを操るナディお姉さん。

森を泳ぐクジラと、一人の女性。その様子は、どこか神聖な雰囲気をまとっていて、まるでナディお姉さんが女神様みたいだと思った。

「……あ」

私はそのとき初めて、迫っていた魔物の群れを見た。

刃のような角を持つシカ、二足歩行のイノシシ、灰色のクマ……どの魔物も、時間が止まってしまったようにじっとしている。

（……違う、怯(おび)えてるんだ）

私には、魔物の感情は読み取れない。けど、迫る巨大なクジラに、魔物たちが戦意喪失しているのは明らかだった。

「〈喰らいなさい〉」

——オオオオオオオオ！

ナディお姉さんが言った瞬間、固まった魔物も、逃げ出そうとした魔物も、私たちに突撃してきた魔物も……巨大なクジラが全部まとめて、地面ごと呑み込む。

「〈還(かえ)りなさい〉」

——オオオオ……

ナディお姉さんが大きく腕を振ると、クジラは一瞬で大量の水に戻った。

呑み込んだ魔物は、同時に全て灰(はい)になって消える。

「ふむ、よい魔法だな。水の力をよく理解しておる」

ガルが感心したように頷いた。

聖獣から見ても、ナディお姉さんの魔法はすごいらしい。

ナディお姉さんは、クジラだった大量の水を、魔法で少しずつ川に戻している。

一気に戻して川が氾濫(はんらん)しないようにするためかな。

ナディお姉さんはその水を全て戻すと、額の汗を拭った。

「……ふぅ。しばらく使わなかった魔法だけれど、問題ないわね」

「ねぇさま、すごいね」

「ふふ、ありがとう」

ナディお姉さんが優しく微笑む。

いやぁ……本当に、いいものを見せてもらった。

川が元通りになっていることを確認してから、私たちは隣国に向けてまた歩き出す。

ちなみに、大量の魔物が遺したはずの魔石の回収は、諦めた。

ナディお姉さんの魔法で、全部どこかに流れていっちゃったからね。

ガルいわく、資金には困ってないから、無理して集めなくてもいいらしい。

「さて、先ほどの騒動でだいぶ進んだな。予定よりも早く、国境を越えそうだ」

「結構走ったものねぇ」

ゆっくりと歩きながら、ガルとナディお姉さんが話している。

魔物から逃げてはいたけど、国境までのルートからは外れなかったみたい。

つまり、ただ目的地との距離が縮まっただけ。

「なんでナディさまは、こんな道もないところを普通に歩けるんですか……」

エリーは肩で息をしながら、なんとか自力で歩いている。

どうやらエリーは、ガルジェットコースターがトラウマになってしまったらしい。私たちは歩くのは大変だからって、止めたんだけどね。予想通り、森の足場の悪さに敗北して苦しそう。

「ほらほら、頑張りなさいエリー」

「はぁ、はぁ……はい……」

ナディお姉さんの声かけに、なんとか答えるエリー。多分、エリーみたいにすぐバテるのが普通なんだろうけど、元貴族令嬢のナディお姉さんに疲れた様子は全くない。

……ナディお姉さんは、こんなところでも規格外なんだね。

でも、流石にナディお姉さんも、エリーの様子は見ていられなかったらしい。

「よさそうなところを見つけたら、今日はもう休みましょう。エリーも限界だわ」

「そうだな。無理に歩く必要はあるまい」

ナディお姉さんの提案に、ガルも賛同した。

私だけずっとガルの背中で楽してるから、エリーにはちょっと申し訳ない気もするけど……私が普通に歩いたら、十秒と持たずに倒れる自信があるから、許してね。

前世の私も運動は得意じゃなかったし、まして今は運動不足気味の幼女。人の手が入っていない森なんて、歩けるわけがない。

私がそんなことを考えているうちに、いい休憩場所が見つかったみたい。

「ここがいいかしらね」

「うむ。周囲には、魔物の気配はないようだ」

ナディお姉さんが尋ねると、ガルは辺(あた)りを見回して頷く。

ガルと一緒に、私も気配を探った。私が感知できる範囲に、魔物の魔力反応は視えない。

「うん、だいじょうぶ」

ここなら、ゆっくり休めそう。ということで、早速(さっそく)野営の準備に取りかかる。

寝不足とガル酔いと森歩きでグロッキーになったエリーは、一足先に休んでもらった。

ガルが、背負っていた荷物の中から、折りたたまれた長い棒と大きな布を取り出す。

「女性ばかりの旅なのでな。天幕も必要であろう」

「お気遣いありがとう。でも、テントなんて持っていたのね」

「イタサで買っておいたものだ」

驚くナディお姉さんに、ガルはなんでもないように答える。

(組み立て式のテント……ガルは準備がいいなぁ)

ガルのバッグを覗(のぞ)くと、食器類や大きめの鍋とかの調理器具まである。中身は野営に必要な道具がほとんどみたい。

　ガルは荷物の整理をしているナディお姉さんの手元を覗(のぞ)き込んで、苦笑いした。

「……お主(ぬし)の荷物は、見事に魔道具ばかりだな」

「何が必要になるか、わからないでしょう？」

「それはそうだが……」

　私も見てみると、ナディお姉さんの荷物は、ほぼ……というか、全部魔道具だった。手紙鳥(メールバード)に通信鏡(メッセージミラー)、他にも見たことがない魔道具がたくさん。

（これは、何に使うんだろう……）

　ざっと見た感じ、野営で使えそうなのは、火を使わないランタンみたいなやつだけ。他のは、見ただけじゃ使い方がよくわからない。でも変に触って壊したらいけないし、あまり触(ふ)れないでおこう。

「フィーちゃんの腕輪(アミュレット)も、古い魔道具なのよね？」

　ナディお姉さんが、私が身につける腕輪(アミュレット)を触りながら、ガルに問いかけた。

「そうだ。修復して、効果がわかればよいのだがな」

「きっとわかるわよ」

「うむ、そう願おう」

明るい声のナディお姉さんに、ガルは小さく微笑んだ。

ガルも知らない、イズファニアさんの腕輪(アミュレット)に込められた魔法。早くその効果を知りたいのか、ガルの魔力がちょっと揺れた。逸(はや)る気持ちを、必死に抑え込んでいるようにも感じる。

ずっと知りたかったみたいだし、その気持ちはわかるよ。

徐々に日が傾いてきたので、そろそろ晩ご飯の時間なんだけど……今回の野営では、料理はしないみたい。

ナディお姉さんとガルは料理が苦手だし、私は知識はあるけど、まだ料理はできない。

唯一料理ができるエリーも、今はダウンしていて無理。

（エリーがいないと、この先大変かも……）

エリーに復活してほしいと願いながら、旅の定番らしい味がしない携帯食料をかじる。

……この携帯食料は、何からできているんだろう。本当に、噛んでも噛んでも味がしない。

明日は温かい料理が食べられるといいなぁ。

……もしエリーが復活できなかったら、そのときはガルに頑張ってもらおう。私が口頭で手順を教えれば、なんとかなるはずだし。

食べ終わったら、私たちはテントの中で寝転がる。ガルは、外を見張っていてくれるらしい。

「よく休めよ、フィリス。明日も早いぞ」

「うん。おやすみ」

ガルに挨拶をしたあと、食料事情を考えながら、私は眠りについた。

第三章　宝獣

私たちがイタサを出発してから、今日で三日目。

魔物の襲撃は何度かあったけど、ナディお姉さんとガルが速攻で倒すから問題はなかった。

二日目からは無事にエリーも復活して、美味しい料理にもありつけたし……大きなトラブルもなく進んでる。

そして今、私たちは森を抜けて、街道がある草原をひたすら歩いていた。

「ここって、もうベディア王国内ですよね？」

「ええ。ラシュー平原……だったかしら。エイス王国と隣接する場所よ」

エリーの質問に、ナディお姉さんが答える。

エイス王国とダナーリオ公国の国境と違って、ここから見える範囲には、街どころか建造物すらない。ラシュー平原って、ものすごく広いんだね。

「そろそろ、我も変身しておいたほうがよいな。この姿では、人への説明が面倒だ」

ガルがそう呟いて、歩きながら姿を変えていく。私が乗っている背中が小さくなって、おんぶされてる状態になる。

ガルは、あっという間に人化獣（ワービースト）の姿になっていた。

「あら、完全に変身するわけじゃないのね」

「何が起こるかわからぬゆえ、魔力は温存しておきたいのでな」

「なるほどね」

ガルは私を抱え直して、グルグルと喉（のど）を鳴らす。

二人で旅をしていたときは、人化獣（ワービースト）と人の子どもっていう組み合わせだと不自然だから……ってことで、ガルは完全な人型になっていることが多かった。

人化獣（ワービースト）から普通の人は生まれないから、親子には見えないし。

でも今は、ナディお姉さんとエリーがいる。

人化獣（ワービースト）は珍しいけど、どの街にも全くいないわけじゃない。

だから人化獣（ワービースト）が一緒に行動していても、ただ仲間だって思われるだけで、演技したり説明したりっていう手間がなくなる。

そしてガルが魔力を温存できると、何かあったときに対処しやすい。

まさに、いいこと尽くめだね。

「目的の森に入る前に、ちと情報を集めるか」

「そうね。小さな村なら検問もないでしょうし」

ガルとナディお姉さんが話し合っている。

ナディお姉さんとガルが持っていた地図はエイス王国のもので、ベディア王国の情報は、ほとんど載（の）っていない。目的地はわかっているらしいけど、この国の地図や情報は、あって困るものじゃない。

「国境近くでは、念のため警戒するけれど……国が違うから、私も気が楽でいいわね」

ナディお姉さんはそう言いながら、思いっきり体を伸ばした。

仕方のないことだけど、ずっと気を張っているのは、やっぱり相当疲れるみたいだね。

しばらく道を進むと、少し逸（そ）れたところに小さな村を見つけた。

ここで情報を集めるのかと思ったら、ガルは村の手前で足を止める。

「ないとは思うが、村に見せかけた盗賊の拠点ということもある。迂闊に足を踏み入れるわけにはいかぬな」

村が丸ごと盗賊の拠点……そんなこと、考えもしなかった。

(でも、見た目じゃわからないよね)

そう考えていると、ナディお姉さんがふと思いついたように提案する。

「フィーちゃんなら、ここが危険なのかどうか、わかるんじゃないかしら?」

「……やってみる」

確かに《祝福の虹眼》なら、悪意がある盗賊がいたら視分けられるかもしれない。村全体を感知できるかはわからないけど、やってみよう。

目に意識を集中して、感情を読み取ることに全力を注ぐ。

(あ……視える。ここは普通に平和な村かな?)

優しさや楽しい感情ばかりが視えて、不穏な感じは全くない。これで盗賊の集団……なんてことはないと思う。

「うん、だいじょうぶ」

「よし。では行くか」

私が頷くと、ガルが村に向かって歩き出した。能力を知ってるからなんだろうけど、ガルが私の視たものを躊躇いなく信じてくれるのは、なんだか嬉しいな。

ナディお姉さんたちもガルについて、村の中を進む。

すると、ナディお姉さんが何かを見つけて嬉しそうに笑った。

「あら、宿もあるのね。助かるわぁ」

「ふむ。今日はここに泊まるか。先に行くのは、明日でよいだろう」

小さな村だけど、ここには旅人用の宿もあるらしい。

まだ日は高いけど、この先にある街がどのくらい遠いのかわからない。

せっかく村があるんだから、今日は野営じゃなくて普通に泊まったほうが体も休まるよね。

私たちはガルに賛成して、宿で手続きをする。

宿で部屋をとったら、それぞれ情報を集めに行くことにした。

ガルとエリーは、買い出しついでに聞き込み。そして私とナディお姉さんは、宿で荷物の整理……をするはずが、ナディお姉さんが早々に投げ出して、私を連れて部屋から飛び出した。

……そしていつの間にか、ナディお姉さんは宿のおばちゃんと仲良くなってた。

「あなた、見ない顔ねえ。どこから来たの？」

「エイスから来たのよ」

「へぇ、エイスから！　あっちは今、大変なんでしょう？　橋が壊れたとかで」

「そうね。騒ぎが落ち着くまで、あちこち旅をしようと思って」

「あらそうなの。ベディアもいい国だからね。楽しめると思うよ！」

二人はついさっき会ったばかりなのに、長年の友人みたいに笑い合っている。

（なんというコミュニケーション能力の高さ……）

私には到底まねできない。ナディお姉さんはすごいなぁ。

話が尽きなかったようで、ナディお姉さんとおばちゃんは宿の食堂みたいなところに移動する。

二人が盛り上がっていると、買い物を終えたガルとエリーが帰ってきた。

気付けばちょうど夕食時だったので、そのまま食事にすることに。

美味しい夕食を楽しんだあと、部屋に移動して、ガルたちが聞いてきた情報を共有する。

「さて。地図を確認したが、我らが目指しているのはここだな」

ガルが地図を広げて、赤く印がついたところを指す。もうひとつの印はこの村かな。

「あら、意外と近いのね」

ナディお姉さんの言う通り、目的地はベディア王国の大きな街よりも、私たちがいる村からのほうが近い。

「……近いのはよいのだが、問題もある」

ところが、ガルは渋い顔で喉を鳴らした。

問題ってなんだろうと思ったら、エリーが小さな紙束を取り出して、説明してくれる。

「この森……『忘却の森』っていうらしいのですが、ここは一般人が入ることができないそうなんです。なんでも、強力な魔物がわんさかいるようで」

「はいれないの？」

「はい。Ａランク以上の冒険者でないと、警備兵に追い返されるみたいです」

私の疑問に、エリーが頷く。

私たちは、誰も冒険者登録をしていない。

ガルは元冒険者だけど、証はすでに失効しているから冒険者は名乗れない。

一通りエリーの説明を聞いたガルは、椅子にもたれかかりながら天を仰いだ。

「時代の変化だな……以前は制限なぞなかった。人も魔物も、昔のままとはいかんか」

「昔は、もっと人が強かったのかしら？」

ナディお姉さんの問いに、ガルは首を縦に振る。

「うむ、強かった。現在のナディが、弱者の部類に入るほどにな」

「ぶっ⁉　ゲホ……あ、ごめんなさい！」

エリーが、口に含んでいたお茶を噴き出してる。

でも、仕方ない。私も、ナディお姉さん本人だって驚いた。

こんなに強いナディお姉さんが、昔だったら弱いほうだったなんて予想外。昔の人って、どれだけ強かったんだろう。

ガルは過去に思いを馳せるように、再び口を開く。

「妖精族に精霊族、竜人族……現在は生存しているかどうかもわからぬが、彼らが数を減らしたことで、徐々に人類の力そのものが落ちたのだろうな」

「おとぎ話の中でしか、見たことがない種族……実在したのね」

「無論、存在したとも」

ガルは呆然としているナディお姉さんに頷きながら、ちらりと私を見た。

妖精族ではないけど、妖精の先祖返りならここにいる。ナディお姉さんたちにもまだこのことは話していないから、ガルはあえて私のことは言わなかったみたいだね。

ガルの話を聞いたエリーが、大きなため息をつく。

「はぁー……すごい話を聞きましたねぇ」

「本当。学園じゃ、こんなこと絶対に学べないわね。私がいかに小さな箱庭で生きてきたのか、思い知らされた気分よ」

ナディお姉さんも、衝撃から抜け出せないみたい。

ガルは二人を見ながら微笑んだ。

「まぁ、我らのような存在にでも出会わぬ限り、まず知ることはなかろうな」

「私たちは、運がよかったのね」

ナディお姉さんの呟きに、私も心の中で同意する。

はるか大昔から、世界を見続けてきた聖獣たち……確かに、歴史のことを聞くのに、これ以上適任な存在はいない気がする。

そんなガルに出会えて、しかもこうして一緒に過ごしている私たちは、すごい幸運なのかもしれない。

私たちがなんとなく感動していると、ガルが冷静な口調で言う。

「……話が逸れたな。して、森に入る方法だが……」

「それが……冒険者登録をして、Aランク以上になる以外はないようです」

エリーがガルの言葉を引き継ぎ、首を横に振る。

簡単に言っているけど、その方法はちょっと、いやかなり難しいんじゃないかな……？

前世で読んだファンタジー小説では、Aランク冒険者って相当強かったと思うけど。

私の考えていたことは間違いじゃないようで、ナディお姉さんも呆気に取られている。

「……何年かかるのよ。Cランクにすらなれずに、冒険者を辞める人も少なくないのよ?」

「そもそも、フィリスは年齢制限に引っかかるな」

(だめじゃん……)

ガルの言葉に、私は内心でツッコむ。どうやら、私はまだ冒険者にはなれないらしい。

きちんとルールを守って『忘却の森』に行くには、とんでもない時間がかかるみたい。

どうしたものかと悩んでいると、突然ナディお姉さんが「あ」と声を出した。

「正攻法が無理なら、別の手を使えばいいのよ」

……なんかデジャヴ。検問をスルーしたときといい、とんでもないことを言い出しそう。

そしてそのナディお姉さんの目は、エリーに向けられていた。

「あの……なんでそこで、私を見るんで、しょう、か!?」

ナディお姉さんが、にやりと笑みを浮かべて、素早くエリーの背後に回った。

そして、ガシッとエリーの肩を掴み、耳元で囁く。

「エリー、あなたの《ギフト》なら、誰にも見つからずに移動できるわよね?」

「ちょっと待ってください、まさか……」

ナディお姉さんが何を言いたいのかを察して、顔を引きつらせて逃げようとするエリー。

だけど、がっちりと肩を掴んだナディお姉さんがそれを許さない。

「そのまさかよ。姿を隠して、正面から侵入してやりましょう！」

「そう言うと思いましたよぉぉぉ！」

にこやかにナディお姉さんが宣言した。エリーのやけくそ気味な悲鳴が部屋に響く。

エリーはしばらく抵抗していたけど、逃げられないと観念したのか、動きを止めた。

そして、自分の能力について教えてくれた。

「私の《ギフト》……《霧隠（きりがくれ）》は、確かに侵入にはもってこいです」

エリーの《ギフト》は、エリー自身と触（ふ）れている生き物の姿を隠せる。

つまり、全員が手を繋（つな）げば、バレずに警備を突破（とっぱ）できるはずと、エリーは言った。

隠れていられる時間は、触（ふ）れている生き物の数が増えれば増えるほど短くなるらしいけど……素早（すばや）く移動すれば、森に入るまでは持つはずなんだとか。

これなら本当に行けるかも。

私とナディお姉さんが目を輝かせていると、エリーは腕をブンブン振り回しながら、若干泣きつつ声を張り上げる。

「やります、やりますよっ！　じゃないと、なんのためについてきたんだって、フィリスさまに怒られちゃいます！」

（いや、それくらいで怒らないけど……）

エリーの中で、私はどういう人だと思われてるんだろう。エリーに対して怒ったことなんて、一度もないはずだけど。

「エリーは真面目ねぇ。ちょっとくらい規則を破ったって、問題ないわよ」

……学園を半壊させたナディお姉さんが言うと、妙に説得力があるね。

（いや、ルール違反はよくないんだけどね）

でも、ちゃんと規則通りにしようと思ったら、普通に冒険者登録をして、ランクを上げてから堂々と森に入るしかない。

そうすると、私が登録できるようになるまで待たなきゃいけない。やっと登録できても、そこからランクを上げて……なんてやってたら、本当に何年かかるかわからない。

（だから仕方ないんだよね）

そう自分に言い聞かせて、とりあえず納得しておく。

森に入って何か悪いことをしようとしてるんじゃないし、ナディお姉さんみたいに強気でもいいのかもしれないけどね。

エリーの《ギフト》があれば大丈夫そうということで、作戦会議はこれでおしまい。

少し早いけど、今日はおやすみ。

そして翌日。

ちょっと早めに宿を出て、『忘却の森』へと向かった私たちは、お昼になるころには森のすぐ近くまで来ていた。

魔物の襲撃もなく、ただ平原を歩くだけなら、結構早く着くんだね。

「あれが『忘却の森』……確かに、厳重な警備ね。あんなの見たことないわ」

そう呟くナディお姉さんの視線の先には、森の手前に並んだ兵士の姿がある。

警備している兵士の数は、とても多い。それだけ、『忘却の森』が危険な場所だってことなのかな。

「それなりに高い塀もあるな。ふむ、やはり正面突破が最善か」

ガルがそう言うと、ナディお姉さんも頷く。

「そうね。頼んだわよ、エリー」

「はぁい……よし！　いけます！」

エリーが自分の頬を軽く叩いて、やる気を注入する。

それを見たガルは、狼の姿に戻った。

手を繋いでも、警備の目がなくなるまでエリーの《ギフト》が持つかは微妙。

そこで私たちは、狼姿のガルの背中に乗って、一気に駆け抜ける作戦を思いついた。

エリーがガルの背に乗れば触れていられるから、ガルの姿も問題なく見えなくなるしね。

エリーを前後で挟むようにして、私とナディお姉さんもガルの背中に乗る。

念のため、私の体はひもでガルに繋がれている。

「フィーちゃん、きつくない？」

「うん、だいじょうぶ」

ナディお姉さんは私が答えたのを確認して、今度はエリーを見る。

「エリー、声を出しちゃだめよ」

「……頑張ります」

そう言うエリーの声は硬い。

姿は隠せても、声は消せない。ガルの力なら声を消せるけど、そうすると不自然な風が吹くから、動いているときには使わないほうがいいんだとか。

つまり、ガルが走っている間は、声を出すのを全力で我慢するしかない。

エリーはガルジェットコースターを怖がってたから、声を耐えるのは大変だと思うけど……

私が心配になりながら見ると、エリーは深呼吸をしていた。

「ふぅ……いつでもいいですよ！」

「では、行くぞ」

「ええ！」

ガルの合図に、ナディお姉さんが強く返事をする。

ガルはエリーが《ギフト》を発動したのを確認して、ぐっと一瞬沈み込んだ。

……と思った瞬間には、周囲の景色が猛烈な勢いで後ろに流れていく。

ガルが風圧を消しているのか、私たちに負担は一切ない。

それでも、怖いものは怖い。

「「……っ!!」」

私とエリーは、漏れそうになる悲鳴を必死で呑み込んだ。

密着しているエリーから、とんでもなく速い鼓動を感じる。怖くて仕方ないはずなのに、《ギフト》を使い続けなくちゃいけないから、ものすごく頑張っていた。

（はやい……！）

ぐんぐんと、平原と『忘却の森』を隔てる壁が迫ってくる。

よく見ると、一部壁がないところがあって、そこにはさらに多くの兵士がいた。

ガルはそこに向かって、全く速度を緩めずに突撃する。

「――ぁ――か？」

「――だろ」

通り過ぎる一瞬、兵士さんたちの会話がちょっとだけ聞こえた。

でも誰も、狼に乗った女の子が三人森に入ったことなんて、気付いていなかった。

（あっさり入れた……けど）

ガルは、森に入っても走り続けた。人目が完全になくなるまで止まらないつもりらしい。

木を避けながら走っているから、上下左右の揺れが半端ない。

多分、そんなに経ってないんだろうけど、かなり長い時間走ってるように感じた。

やがてガルは足を止めて、ゆっくりと人化獣の姿へと変身する。

「ここまで来れば、もう誰もおるまい」

背中に乗っていた私たちは、滑るように地面に下ろされた。

でも、恐怖で体が強張っていた反動か、足が震えて力が入らない。

「んん～！　すっごく楽しかったわ！　ガル、あなた最高ね！」

少女みたいに目をキラキラさせるナディお姉さんの横で、青い顔で口に手を当てたエリーが呻く。

「うぇ……気持ち悪……なんでナディさまは、平気な顔してるんですか……」

（エリーに同感……ちょっと酔った）

同じようにガルジェットコースターで揺られていたはずなのに、なんでナディお姉さんだけ元気なんだろう。一番慣れている私でも、少しめまいがするのに。

「もう、急ぐ必要はない。しばらく休むといいだろう」

「そうします……」

ガルの言葉にエリーが頷いて、ふらふらと川に向かう。

「わたしも、やすむ」

……なんだか危なっかしい。

川に落ちたりしたら大変なので、私もエリーについていくことにした。

さらさらと流れる川は澄みきっていて、底の石がひとつひとつわかるほどきれい。

靴と靴下を脱いで、流されないように注意しながら水に足をつける。冷たい水が、緊張して火照った体を冷ましていく。

大きな石に腰かければ、わざわざ立っている必要もない。

「ふぁ、きもちいい……」

「あ、じゃあ私も……あぁぁ、生き返りますねぇ」

くつろぐ私の真似をしたエリーも、大きなため息をついている。

(リラックスできたみたいでよかった)

楽しそうに微笑むエリーからは、緊張はもう伝わってこない。

それからしばらく、私たちは平和な休憩時間を過ごした。

そういえば、強い魔物がたくさんいるって聞いていたけど、私が感知できる範囲にはひとつも反応がない。……今日はたまたま、魔物がいない日なのかな?

「危険地帯じゃなかったの〜?　ちょっと拍子抜けね」

ナディお姉さんは不満げに頬を膨らませながら、私たちのもとに来る。

ナディお姉さんも私と同じように、違和感を覚えたらしい。

まぁ、魔物がいないなら、それはそれでいい。戦いたいナディお姉さんは残念かもしれないけどね。

十分な休息をとったあと、私たちは再び先に進む。

ガルによると、目的の場所はもうすぐそこだそう。

キョロキョロ辺りを見回してみると、地面には古い石畳……の名残のようなものがあった。

（大昔は、人が住んでいたのかな）

割れて、苔が生えて、ところどころ木の根っこが見えて。

もう長い間人の手が入っていないのは間違いないけど、人がいた痕跡は確かにある。

そして、道っぽいものがあるのなら、多分私でも歩ける。

「ガル、とまって。じぶんであるく」

そう言うと、ガルは私が下りやすいように、ゆっくりと地面に伏せてくれた。

「本当に歩くの？　大丈夫？」

「だいじょうぶ！」

……ナディお姉さんがすごい心配そうに私を見てるけど、このくらいなら問題ない。

それに、私もこの森の自然を、自分の感覚で味わってみたいんだ。

（うーん、大自然。気持ちいいなぁ）

ガルに乗っているだけではわからない、草を踏む感触。背の低い私だからこそ見つけられる小さな花。

全てが新鮮で楽しくなっていると、隣を歩くガルが声をかけてくる。

「楽しそうだな、フィリス」

「うん！　とってもたのしい！」

私の歩幅は狭いし、すぐ寄り道するからなかなか進まない。

それでも、ガルは文句を言うどころか、面白そうに魔力を揺らす。

「……そういえば、お主たちにはまだ教えていなかったな」

そこでふと、ガルが何かを思い出したように立ち止まった。

「？　なにを？」

「これから会う、我の友についてだ」

言われてみれば、確かに聞いていなかったね。

私はガルとイオリアさんの会話を聞いてたから、その人がクルスっていう名前なのは知ってる。

けど、ナディお姉さんたちは名前も知らないはず。

……何も知らないのに、よくついてこようと思ったね。言わなかった私も悪いけど。

私たちは、ガルの話に耳を傾ける。

「そやつの真名は、カーバンクルという。我と同じ、聖獣のひとりだ」

「カーバンクル……まさか、宝獣カーバンクル!?」

「うむ、それで合っている」

聖獣やおとぎ話に詳しいナディお姉さんは、名前を聞いただけで、相手のことがわかったらしい。

驚くナディお姉さんに、ガルは平然と頷く。エリーも絶句してるから、カーバンクルのことを知ってたのかな？

私もガルとイオリアさんが友達って言うんだから多分人間じゃないとは思っていたけど、思っていた以上にすごい相手だった。

ナディお姉さんは気になったところがあるようで、首を傾げる。

「人間の前に、姿は現さないと聞いているけれど……」

「あやつは、我とはまた違った方法で姿を変えられる。ゆえに、もし出会ったとしても、人はそれがカーバンクルであるとは気付かんのだろう」

「じゃあ、人間が嫌いとか、そういうわけじゃないのね？」

「うむ。そもそもあやつが人嫌いであれば、お主たちを連れてきてはおらん」

質問していたナディお姉さんはガルの説明に納得したようで、頷いた。

懐かしそうに魔力を揺らすガルは、一度喉を鳴らしてから言葉を続ける。

「あやつを呼ぶときは、クルスと呼んでやるとよい。我と同じように扱って構わん」

「いきなりは、失礼じゃないのかしら」

恐縮しているナディお姉さんに、ガルは穏やかに微笑んだ。

「なに、気にすることはない。聖獣とて、人に崇められたいわけではないのだからな」

確かに、ガルもイオリアさんも、とてもフレンドリーに接してくれる。前に聞いたんだけど、人が勝手に伝説の存在みたいに扱ってるだけで、ガルたちも普通に生活したいんだとか。

でも、染みついた認識を変えるのは難しいからね。

ガルたちも、特になんとかしようとは思っていないらしい。

話しているうちに、気付けば周囲の景色が変わってきた。

（これは……遺跡？）

石でできた柱に、壊れた彫像。まるで、崩れかけた神殿のような場所。

この世界では初めて目にするけど、前世の記憶には似たような場所があったはず。実際には見たことなんてなかったけど。

「森の中に、こんな場所があったなんて……」

エリーも辺りを見回して、目を輝かせる。エリーもこういうのに興味あったんだ。

同じく辺りを見回していたナディお姉さんは、近くにあった彫像の破片を手にとった。

「これだけ美しい場所なのに、どうして話題にならないのかしら。ベディアに遺跡があったなんて、初めて知ったわ」

「ここはすでに、森の奥地。恐らく、長い間人が訪れておらぬのだな。森そのものが、危険な場所になっておるのだろう？」

ガルの返事に、ナディお姉さんは思い出したというように首を縦に振る。

「そういえばそうだったわね。魔物と全然遭遇しないから、忘れていたわ」

忘れかけてたけど、私たちがいるのは、Ａランク以上の冒険者しか入ることができない、超危険地帯。

ナディお姉さんの言う通り、魔物にはなぜか全く遭遇していないけどね。

進み続けていると、やがて私たちの目の前に、ひときわ大きな建造物が突然現れた。

（ピ、ピラミッド……？　あの予言で有名な古代文明みたいな……）

前世の記憶にある映像と、目の前の景色が重なる。

上のほうは壊れてしまっているけど、前世の私がよく知っている形のピラミッドが、そこにあった。私が驚きで言葉をなくしていると、ガルがそのピラミッドに近づいて喉を鳴らす。

「……やはり、まだおったな」

「ん？」

「クルス！　おるなら返事をせい！」

私が首を傾げたのと同時に、ピラミッドの入り口みたいなところに向かって、ガルが思いっきり叫ぶ。びりびりと空気が震えるほどの大音量。

急に大きな音が聞こえて驚いたのか、周囲の木から鳥が飛び立つ音が聞こえた。

「そ、そんなに大きな声で呼ばなくてもいいんじゃ……」

エリーが恐る恐るガルに尋ねると、ガルは面倒臭そうに鼻を鳴らした。

「クルスは、一日の大半を寝て過ごす。それに、あやつがおるのは地下だ。こうでもせんと聞こえんらしい」

「そ、そうですか」

一日の大半を寝て過ごす……ナマケモノかな？

するとそのとき、ピラミッドの下から不思議な気配を感じた。

「んっ？」

「む、起きたな」

どうやら、聖獣カーバンクルが目覚めたらしい。ガルが嬉しそうに魔力を揺らす。

入り口のところから、聖獣特有のキラキラした黄色の魔力が、流れるように出てくる。

そして、狼姿のガルよりも大きい聖獣が姿を見せた。

キツネにも、ネコにも見える顔。ふわふわの大きな尻尾と、すらりとした足に生える

鋭(するど)い爪。

美しさと怖さ、そして愛らしさが同居したような、不思議な魅力がある。

「うるさいなぁ。誰だよ全く……って」

想像していたよりも、ずっと若い……まるで少年のような口調と声。

不機嫌そうに地面をかいていたカーバンクルは、ガルを見るなり動きを止めた。

ガルはとても柔らかく微笑む。

「我だ。久しいなクルスよ」

「リルガルム!? なんだよ、君だったのか！　本当に久しぶりだね！」

「うむ。それとクルス、我のことはガルと呼べ」

不機嫌そうな雰囲気はどこへやら。激しく尻尾(しっぽ)を振ってガルと話すカーバンクルは、とても嬉しそう。

「君がここに来るなんて、いつぶりだろう！　ねぇガル、彼女たちのことを紹介してよ」

獣(けもの)の姿でもわかるほどの笑みを浮かべて、カーバンクルが私たちに近寄ってきた。

(で、でか……)

近くに来られると、かなりの威圧感がある。

ガルよりも大きな体は、少年のような口調とは正反対の印象……というか、迫力があってちょっと怖い。

「その子はフィリス。まだ幼いが、特殊な《ギフト》を持っておる。我の友だ」

「へぇ、確かに変わった魔力だね。いいねいいね、面白そうだ」

ガルが私を紹介すると、カーバンクルがずいっと顔を近づけてくる。

きれいな琥珀色の瞳に、私の姿が映った。

「初めましてフィリス。僕はカーバンクル。クルスでいいよ」

「よろしく、おねがいします」

「あはは！　怖がらなくたって、食べたりしないよ」

少し恐怖を覚えていたのが、声に出ちゃっていたかな。

……でも、大きな獣の顔が近づいてきたら、誰だってちょっとくらい怖いって思うはず。

でも本人もクルス呼びを希望したので、今後はそう呼ばせてもらおう。

ガルは続けて、ナディお姉さんとエリーを見る。

「そして……フィリスの姉のナディと、ナディの弟子のエリーだ」

「ナディにエリーね、よろしく！」

クルスは、私のときと同じように満面の笑みを浮かべた。

紹介されたナディお姉さんは優雅に、エリーは慌(あわ)ててお辞儀する。

「ええ、よろしく！」

「よ、よろしくお願いします……？」

（エリー……なぜ疑問形？）

物怖(ものお)じしないナディお姉さんは、すでにクルスのことを対等な友人として見ているらしい。

ガルという前例があるから、聖獣と会うことにも慣れてしまったのかも。

そして、なぜかエリーは疑問形で返事をしていた。まだ状況が呑み込めていないみたい。

クルスはそんなエリーの様子は気にせず、ガルに尋ねる。

「で、突然訪ねてきたからには、何かあるんだよね？」

「うむ。フィリスの腕輪(アミュレット)を見てほしい」

「腕輪(アミュレット)？」

ガルに目配せされて、私は右腕をクルスの顔の前に突き出した。

……鼻息がかかるほどの至近距離で、クルスが私の腕輪(アミュレット)をじーっと眺める。

少しすると、クルスは自信ありげに頷いた。

「効果保存系の魔道具だね。壊れてて使えないみたいだけど」

すごい……ガルも知らなかった魔道具の効果が、見ただけでわかるんだ。

「そこまでわかるか。実はな、それを修復してほしいのだ」

「修復？　まぁ、できるけど……」

ガルが頼むと、クルスが少し悩む素振り(そぶ)りを見せた。

腕輪(アミュレット)の修復ができないってわけじゃなさそうだけど、何かに悩んでるのはわかる。

カリカリと爪で地面をかいたクルスは、ガルと、なぜかナディお姉さんを見た。

「じゃあ、僕のお願いもひとつ聞いてよ。それが条件」

「ふむ……内容によるな」

ガルはクルスの交換条件にすぐには返事をせず、ちらりと私のほうを見た。

ガルは、私が一緒にいても大丈夫な条件なのかどうかが気になっているみたい。

クルスが、じっとガルを見つめる。

「ガルにお願いしたいのは、今この森で暴れているドラゴンの討伐(とうばつ)、もしくは撃退だよ」

「ドラゴンですって⁉」

クルスがドラゴンって言った瞬間、ナディお姉さんがものすごい勢いで食いついた。

目をキラキラさせてにじり寄るナディお姉さんに、クルスが若干引いてる。

ガルは眉をひそめながら、クルスに聞く。

「ドラゴンがおるのか？」

「いるいる。最近あちこちに火をつけててね……僕じゃ手に負えないんだ。おかげで逃げ出した魔物が僕の住み処に入ってきて、大変なんだよ」

「ここに来るまでに、魔物が全くおらんかったのは、それが理由か」

なるほど。森がやけに静かだったのは、この奥で放火魔みたいなドラゴンが暴れているせいだったらしい。

……でも、クルスだって聖獣だよね。暮らしを邪魔する厄介者と、自分で戦おうとは思わなかったのかな？

「クルスは、たたかわないの？」

そう私が尋ねると、クルスは深ーいため息をついた。

「無理無理、僕は他の聖獣と比べて戦う力がなさすぎる。ドラゴンどころか、この森にいるどの魔物よりも弱いよ」

「あぁ……クルスは、『作る』という分野に特化した能力を持っておるが、戦闘はからっきしだったな」

「そうなんだよ……戦いたくないんだよ……」

ガルの言葉に、耳と尻尾をペションと下げて、クルスが情けない声を出す。

聖獣っていっても、全員が強いわけじゃないんだね。

というか、みんな強いというよりすごいのかな。それぞれ得意なことがあるみたいだし。

クルスはしょんぼりとした様子のまま、話を続ける。

「今までは引きこもって追い返してたけど……最近はそれもうまくいかないんだ」

「ははは。魔物にとっても、よい隠れ家だと思われたな」

「笑い事じゃない！　おかげで寝不足だよ……」

軽快な笑い声をあげるガルに、クルスは声を荒らげる。

寝不足って……まぁ確かに、大事なことだけど。

ぐねぐねと不安定に揺れるクルスの魔力は、本気で困っていることを示していた。

「だからアイツを倒して！　腕輪（アミュレット）直すから！」

クルスが涙声でガルに縋（すが）りつく。

……クルスのほうが大きいから、なんだか面白い構図になってる。

「うむ、よかろう。幸い、ここには水魔法を使うナディがおる。我の補助があれば、ドラゴンにも負けはせぬだろう」

「「やった！」」

「……ん？」

ガルが頼もしく頷いた瞬間、なぜか、喜びの声が二つ聞こえた。

声のしたほうを見ると、そこには顔を赤くして口元を手で押さえる、ナディお姉さんの姿があった。ドラゴンと戦えるってわかったから、つい嬉しくて声が出たみたい。

「……夢だったのよ。ドラゴンと戦うのが……」

「いいじゃないか。恥ずかしがることなんてないよ」

「……ありがとう」

恥ずかしいのか、プルプルと震えるナディお姉さんを、クルスが慰める。

ナディお姉さんがドラゴンと戦いたいって夢を持っていたとしても、私たちは別に気にしない。

ちょっと驚きはしたけど。

今まであんまり思ったことがなかったけど、今回の旅でナディお姉さんが魔物と戦うのが好きなんだということは、伝わってきた。

前にナディお姉さんから、ドラゴンは普通の獣に分類されるって聞いたけど、魔物が恐れるくらいヤバいんだったら、倒したほうがいいだろうしね。

それなら、思う存分ドラゴンと戦ってほしい。

ガルがサポートするっていうことだし、まず負けないだろうから。

　すると、ガルが、ナディお姉さんの後ろで小さくなっていたエリーに目を向けた。エリーはクルスとともにおるのがよかろうな」

「しかしドラゴンが相手では、隠密系の技能や魔法は役に立たぬ。

「っ！　あぁよかった！　ついてこいって言われたらどうしようかと！」

　ガルの言葉に、エリーが安堵の息を漏らした。強い魔法を使えるナディお姉さんはともかく、エリーを《ギフト》も魔法も効かない相手のところに連れていくのは危険すぎる。というか、ドラゴンにエリーの《ギフト》って効かないの？　ドラゴンは普通の獣なのに、すごいなぁ。

「留守番は任せてよ」

　そう言ったクルスが、エリーのそばに行ってウインクした。

（私も留守番かな……幼児だし）

　ガルとナディお姉さんがドラゴン退治に向かうなら、私もおとなしく待っていたほうがいいかな……なんて思いながら、クルスのそばに行こうとした瞬間。

　ガバリ！　とナディお姉さんに抱きつかれて、そのままひょいっと抱き上げられた。

「わぁ!?　ねぇさま？」

「フィーちゃんは、絶対連れていくべきよ！」

「そうだな。フィリスの能力は使いたい。我がおれば、守りも問題あるまい」

「あれぇ!?」

あまりに驚きすぎて、なんか変な声が出た。流石に幼児は連れていかないだろうと思っていたのに、ガルもナディお姉さんも、私を連れていく気満々だった。

「な、なんでわたしも……？」

「先ほど、クルスは森が焼かれていると言っていた。煙のにおいに消されて、我の鼻はドラゴンを捉えられんやもしれぬ。恐らく、フィリスの眼のほうが優れているだろう」

ガルが鼻を上に向けて、においをかぐ仕草をした。

ナディお姉さんが、私を撫で回しながらガルの言葉に頷く。

「あちこち捜し回るより、フィーちゃんに見つけてもらったほうが早そうじゃない？　ってことよね、ガル？」

「そういうことだな」

なるほど……？　まぁ、二人が言いたいことはわかった。

私の魔力感知の範囲はかなり広い。【魔力視】は私が盲目だったころに編み出したものだから、目を閉じていても使おうと思えば使える。視界が悪くても関係ない。

私がドラゴンを見つけて、ガルがそこに私たちを連れていって、ナディお姉さんが倒す……っていう作戦かな。確かに効率はよさそう。

私が黙って考えていると、不安そうに見えたのか、ナディお姉さんが優しく背中を撫でてくれた。

「大丈夫よ、ガルが守ってくれるから」

「うむ、任せよ」

「わかった。いく」

微笑むガルに、私は首を縦に振る。別についていくことが嫌なわけじゃないからね。

私たちはガルの背中に乗って、ドラゴンがいるという森の奥に向かうことになった。

「行ってらっしゃーい」

「どうかご無事で！」

エリーとクルスの見送りに応えて、私たちは先へ進む。

ピラミッドがあったところを抜けたら、そこはもう深い森の中。

少し進んだだけで、何かが焦(こ)げたようなにおいが漂(ただよ)い始めた。

「思ったよりも近そうだな……フィリス、頼んだぞ」

「まかせて」

やっぱり、ガルの鼻は機能しないらしい。なら、私が絶対に見つける。

ドラゴンの反応は視たことがないけど、強いっていうからには大きい反応のはず。

ゆっくりと歩くガルの背中で、私は魔力感知に全力を注ぐ。

(小さい魔物の反応はいくつか……でもドラゴンじゃない)

ドラゴンは、普通の獣に分類されている。なら、魔力は単色。

視落としがないように、あちこちに顔を向けて魔力を探す。

(……ん？　あれは……もしかして)

すると、私の感知範囲ギリギリに、他とは明らかに輝きが違う、赤い魔力反応をみつけた。

「ガル、ひだり」

「了解だ」

ガルに進む方向を変えてもらい、その反応に近づく。

周囲の木も、焼けて黒くなったものが多くなってきた。

反応は、まだ距離があるけど正面。じっと見つめていると、だんだん形がはっきりしてきた。

魔力の揺らぎで曖昧だけど、四足で……長い尻尾があるみたい。

シルエットがトカゲっぽいし、あれがクルスが言っていたドラゴンかな？

「たぶん、いたよ」

私がそう告げると、ガルとナディお姉さんが警戒を強めた。

ナディお姉さんはガルから下りて、歩きながら器用にストレッチを始める。

「ようやくお出ましね。腕が鳴るわ！」

「急ぎすぎるなよ、ナディ」

「わかってるわよぅ」

やる気に満ちあふれたナディお姉さんが、魔力を激しく揺らす。

その魔力に気が付いたのか、赤い魔力がナディお姉さんに向かって伸びてきた。

「あら、気付かれちゃったわ」

見つかったというのに、呑気に屈伸運動をするナディお姉さん。

すぐに、バキバキと木をへし折る音が聞こえて、私たちの前に赤い巨体が姿を現した。

（なんて殺気……押しつぶされそう）

ガルの背中に乗っていても、見上げるほど大きい。

真っ赤な鱗に覆われた平べったい体と、短い四本の足。熱を帯びているのか、周囲に陽炎のようなものが見える。

チロチロと炎を漏らす大きな口は、ガルですら一呑みにしてしまいそう。

これがドラゴン……なんて圧倒的な存在感。

「あなたの相手は私よ！　かかってきなさい！」

「ギャォオオオオ‼」

ナディお姉さんがドラゴンを挑発して、私たちから離れるように走り出した。

ドラゴンも空気を震わせるほどの咆哮をあげて、ナディお姉さんを追う。

（ナディお姉さん、だ、大丈夫かな……？）

ドラゴンを見るまでは、ナディお姉さんは強いから大丈夫って思っていたけど、実際に目にするとそんな余裕はなくなる。本当に一人で戦っても平気なのか、急に心配になってきた。

「ふむ……レッドドラゴンの幼体だな。成体ならば我でも手こずったであろうが、あれならばナディ一人で事足りる」

「え？　そうなの？」

「うむ。安心して見ておれ。ナディの勇姿をな」

ガルは警戒を少し緩めてから、人型に変身して、私の頭を撫でてくれる。おかげで、ちょっとだけ不安が和らいだ。

それにしても、このドラゴン、あの大きさでまだ子ども……成体って、一体どれだけ大きいのかな。

ナディお姉さんが、ドラゴンに向かって魔法を放つ。

「〈撃ち抜け――水弾(すいだん)〉！」

「ギャアァァア!?」

撃ったのはいつもと同じ、ただの〈水弾(すいだん)〉。

……たったそれだけで、ドラゴンが苦しそうに悶(もだ)えた。

それを見ながら、ガルが説明してくれる。

なんでも、レッドドラゴンは水に弱いらしい。

体が常に超高温だから、冷やされるとそれだけで死んでしまうんだって。だからナディお姉さんのマシンガンのような水魔法を当てられたら、ドラゴンにとっては致命傷になりうるんだそう。

「あら、こんなものかしら」

しばらく魔法を連射したナディお姉さんが、さっと乱れた髪を整える。

ドラゴンは、水蒸気に包まれていて姿が見えない。でも、まだ魔力反応はある。

「まだいきてる」

「油断するなよ、ナディ！」

ガルがそう警告したとき、水蒸気の奥で何かが赤くきらめいた。

そして、ゴッ！　という音が聞こえて、視界が真っ赤に染まる。

「なっ――」

炎なんてレベルじゃない、極太のビームがナディお姉さんごと全てを呑み込んだ。

あっという間に、ドラゴンの正面にあった木々が、溶けるようにして消失する。

そして、触れた木を燃やすほどの熱が私とガルのもとにも到達……する直前、ガルが私を包み込むように抱き、風を操って熱風から守ってくれた。それでも、顔が焼けるんじゃないかと思うほど熱い。

でも、そんなことどうでもよかった。

「うそ……ね、ねぇさま!?」

離れていた私のところにすら、木が燃えるほどの熱が届いた。

じゃあ、ビームが直撃したナディお姉さんは、どうなってしまったんだろう。

「いや……いやだ。ねぇさま……！」

最悪の想像をして、体が震える。サァッと血の気が引いた。

周囲の温度はすごく高いのに、私一人だけが氷の上にでもいるみたいに寒く感じる。

涙があふれて、泣き叫びそうになる。

……その瞬間、青い魔力が私を優しく撫でた。

「あっつい！　なんてことしてくれるのよ！」

「ねぇさま⁉」

「はーい。まだ生きてるわよー！」

ナディお姉さんは悪態をつきながら燃える木の陰から飛び出してきて、驚く私にウインクする。

どうやったのかわからないけど、ナディお姉さんは生きていた。

それがわかったとたん、体の震えが止まる。

ドラゴンを見てみると、あのビームが最後の一撃だったのか、体のあちこちから黒煙が上がり、頭部は半分吹き飛んでしまっていた。

……文字通りの自爆攻撃。ドラゴンは、すでに息絶えていた。

「防御が間に合ってよかったわ……油断するなって、こういうことだったのね」

服についた煤（すす）を払いながら、ナディお姉さんが戻ってくる。

「ねぇさまー！」

「心配かけてごめんなさい、フィーちゃん」

私が駆け寄ると、ナディお姉さんは優しく抱き留めて、頭を撫でてくれた。

ガルはドラゴンの死体に近寄ると、吹き飛んだ頭部を眺めて喉を鳴らす。

「幼体が熱線を吐くとは、我もちと予想外だったが……ともあれ、無事で何よりだ」

「流石に死んだかと思ったわ」

ガルに答えながら、ナディお姉さんはさっき何が起きたかを話してくれた。

ナディお姉さんは、ビームが直撃する寸前、体を水で包みながら横に跳んだらしい。

それでも余波は受け止めきれず、かなり吹き飛ばされてしまったそうなんだけど、奇跡的に無傷で済んだ。

体を包んでいた水が熱湯になって、かなり熱かった……って、ナディお姉さんはケラケラ笑ってるけど……そもそも自分を守れたことがすごい。

（ほんとにもう、この人は……）

自分が死にかけたのに、全く気にした素振りを見せない。

豪胆なのか、マイペースなのか。どちらにせよ、強いよね。私は生きた心地がしなかったよ。

「ねぇさま。むちゃは、だめだよ？」

「今回は生きていたんだし、別に……」

「ねぇさま？」

「……はい」

私がちょっと睨(にら)むと、ナディお姉さんは素直に返事をした。

ここでしっかり言っておかないと、またすぐに無茶しそうだからね。

ナディお姉さんが死んでしまったら、ものすごく悲しい。

まぁでも、ハプニングはあったけど、無事にドラゴンは倒せた。

ということで、クルスたちが待っているピラミッドへと戻ることに。

……ちなみに、歩きながらガルが言ってたんだけど、ビームで焼かれた森はしばらく放置すれば勝手に鎮火(ちんか)して、いずれ元に戻るらしい。自然ってすごい。

帰りは人化獣(ワービースト)のガルに抱っこされての移動だったけど、まっすぐ帰れたから、すぐにピラミッドまで戻ることができた。

ガルが声をかけるとエリーと何やら会話していたクルスが、驚いたようにピンッと耳を立てる。

「戻ったぞ、クルス」

「わぉ、早いね。なんかすごい音がしてたけど、大丈夫だった？」

戦っていた時間自体はものすごく短いからね……ドラゴンを捜すほうが手間取ったくらいだし。

「ご無事ですか⁉」

「ぐふっ⁉　え、ええ、全員無事よ。ただいま、エリー」

すると、エリーがズダダダッ！　と全力で駆け寄ってきて、そのままナディお姉さんに激突した。

……ナディお姉さんは、ドラゴンと戦っているときよりもダメージを受けているような気がする。

「はぁぁ、よかったですぅ」

「ドラゴンは倒したが、危うく全滅しかけた。いやはや、慢心はいかんな……」

離れている間は我慢していたのか、エリーは泣いてる。

そんなエリーを見ながら、ガルがカリカリと頭をかいた。一歩間違えたら大変なことになっていたから、ガルは油断したことを恥ずかしく思っているみたい。

クルスも安心したのか、大きく息を吐く。

「僕が頼んだせいで、君たちが死んだ……なんてことにならなくてよかったよ。でも、ありがとう。これで森は落ち着くはずさ」

「うむ」

ガルが頷いたのを確認すると、クルスはスッと私に近づいてきて、爪で腕輪（アミュレット）をつついた。

「さて、約束通り腕輪（アミュレット）は直すよ。すぐ済むから、ちょっと貸して」

「どうぞ」

「ありがとう。じゃ、始めようか！」

私がクルスに腕輪（アミュレット）を渡すと、クルスが器用に、前足の爪に引っかけた腕輪（アミュレット）をくるくると回した。

すると、クルスの胸元が淡い黄色の光を放ち始めて、魔力が呼応するように大きく膨らむ。

「〈錬成――修復（リカバリー）〉そして、〈錬成――保護（コート）〉」

クルスの静かな呟きと同時に、光が腕輪（アミュレット）に吸い込まれていく。

誰も、一言（ひとこと）も喋（しゃべ）らない。ただただ、きれいな輝きに目を奪われている。

やがて、腕輪（アミュレット）から光が消えて、クルスの魔力も元に戻った。

腕輪（アミュレット）は新品のように、キラキラと銀の輝きを放っている。これ、こんなにきれいだったんだ。

でも、なぜかクルスは首を傾げている。

「ふぅ、終わったよ。でもこれ、直した意味なくない？」

「む？　なぜだ？」

ガルは顎に手を当てて、喉を鳴らした。

せっかく修復したのに、意味がないって一体どういうこと？

そう思っていると、クルスが口を開く。

「これ、魔法の詠唱文と術式が書いてあるんだけど、なんか妖精魔法っぽいんだよね。僕には、なんて書いてあるのかさっぱりわからない」

「妖精魔法……妖精語ということか」

「多分ね。見たことないから確証はないけど」

ガルに頷くと、クルスは腕輪の装飾をなぞりながら、耳を下げて落ち込んだ。

自分が読めない文字だったことに、ショックを受けているみたい。

というか、複雑な模様だと思ってたけど、あの装飾って文字だったんだね。

ガルはクルスから腕輪を受け取って、じっくりと文字列を眺める。

「ふぅむ……我も読めぬな。イズに妖精語も教わっておくべきだったか？　……いや待てよ」

「……ん？」

ガルはしばらく解読しようと頑張っていたけど、何かを思いついたように私を見た。

そして、ニッと笑みを浮かべて、私の手に腕輪（アミュレット）をのせる。

「フィリス、魔道具を起動してみよ。恐らく、お主（ぬし）なら読める」

「「えぇっ⁉」」

さらりと言ってのけるガルに、私とクルスがそろって驚いた。

「妖精語なんて、何百年も前に廃（すた）れたじゃないか……その子に読めるの？」

「まぁ、見ておれ。きっと面白いものを見せてくれる」

不安そうなクルスに、ガルが笑いかける。

……そりゃ、普通に考えたらまず読めないって思うよね。

見たことも聞いたこともない言葉の解読なんて、私にできるのかな。

……ナディお姉さんとエリーの、期待のまなざしが背中に刺さる。

ガルたちも見てるからすごいプレッシャーだけど、やるだけやってみよう。

（魔力を流す……起動！）

私が魔力を流すと、腕輪（アミュレット）に埋め込まれた宝石が徐々に光を放つ。古い魔道具も、使い方は変わらないみたい。

すると、急に宝石が強い光を放った。

「うわ！」

　驚いて目を閉じて、ゆっくりと開けると……私の周りに、光る図形みたいなものが大量に浮かんでいた。ふわふわと回転するそれは、よく見るといくつもの文字列だということがわかる。

「術式の実体化……これがあの腕輪(アミュレット)の効果か」

「そうだね。でも、読めないことに変わりはないよ。どうすんの、これ」

　ガルとクルスがひそひそと会話している。

　確かに見たことがない文字だし、普通は読めないはずだよね。

(でも、私は……読める)

　いや、実際には、文字そのものは全く読めない。

　ところが流れる文字を見た瞬間、翻訳された言葉が頭に浮かんできた。

　意味がわからない言葉が、だんだんとひとつの魔法を作り出していく。

　ぽつりぽつりと、意識したわけじゃないのに、口が動いて言葉を並べる。

「〈――――――〉……」

「妖精語の詠唱(えいしょう)!?　そんなバカな!」

　私を見たクルスが、悲鳴のような声を出す。みんなも驚愕(きょうがく)に目を見開いている。

(私だって驚いてるんだけど!?　なにこれ止まらない!)

抑揚のない声音（こわね）で、機械のように詠唱（えいしょう）を続ける私（フィリス）。

思わず口を閉じようとするけど、それもできない。目が、浮かぶ文字から離れない。

そうこうしているうちに、最後の文字列がやってきた。

「〈――妖精の風（フェアリーウィンド）〉」

詠唱（えいしょう）が完了したとたん、私を中心にして風が吹き始める。

柔らかく包み込んでくれるような風に触（ふ）れると、なんだか心が温かくなった。

不安や寂しさを消し去って、勇気を与えてくれるような不思議な感じがする。

（〈妖精の風（フェアリーウィンド）〉……？　これが、この魔法の効果……）

初めて使った魔法なのに、理解できる。

どんな効果があるのか、どう使ったらいいのかが頭に浮かんでくる。

今、私がした詠唱（えいしょう）は妖精語だけど、内容がわかってさえいれば、人の言葉を使っても発動できるらしい。

なんでこんなことができたのかとちょっと考えて、私はすぐに答えに思い至った。

（そっか、私の《ギフト》……《祝福の虹眼》のおかげか）

風属性の魔法に限ってはなんでも視ただけでコピーできる、私のチート能力。文字を読んだだけで習得できるとは思わなかったけど、私が〈妖精の風（フェアリーウィンド）〉を発動できたのは、この力のおかげらしい。

「この、風は……イズの魔法か……」

ガルが、震える声で呟いた。ゆっくりと手を伸ばして、まるで見えない風を抱き寄せるような仕草をする。

「あぁ、懐かしい。イズが遺したのは、この魔法であったか」

「ガルも、しってるの？」

私が聞くと、ガルは首を縦に振る。

「うむ。この魔法は妖精の秘術。我が使う風とは異なる、いわば風魔法の極致ともいえるほど特別なものだ。思い返せば、イズも何度か使っておったわ」

ガルは、どこか遠くを見つめている。イズファニアさんと旅をしていたときのことを思い出しているのかもしれない。

しばらくすると、だんだんと風が弱くなって、魔法が切れた。

魔力には余裕があるけど、この〈妖精の風〉は時間制限つきの魔法で、意識して解除しなくても勝手に消えるみたいだね。

ガルが私の頭を、優しく撫でる。

「お主のおかげで、よいものが見られた。ありがとう、フィリス」

「どういたしまして」

さっきまで寂しそうだったガルは、今では引っかかっていたものがとれたみたいに晴れやかな表情をしている。

「ちょちょちょ、何いい感じで締めくくろうとしてんの⁉」

「む？」

私とガルが笑い合っていると、クルスがその間に割り込むように体を滑らせてきた。首を傾げるガルに、クルスがまくし立てる。

「ねぇどういうこと⁉　なんで人間が妖精の魔法を、しかも初見で使えたのさ⁉　僕ら聖獣でも無理なのに！」

「落ち着け。それは、フィリスの能力が関係しておる」

地面をごろごろ転がって、全身で混乱を表すクルスをガルが宥める。

そして、私のチートすぎる《ギフト》のことを説明した。

クルスは聖獣でガルの友達だから、私の秘密を話してもいいって判断したらしい。

……まぁ、目の前で能力を使っちゃったから、説明なしではクルスは納得しなかっただろうけど。

「――とまぁ、こんなところか」

「「「……」」」

ガルが話し終えると、クルスはぽかんと口を半開きにして固まった。すでに私の力を知っているはずのナディお姉さんとエリーも、なぜか乾いた笑みを浮かべている。

「改めて聞いても、やっぱり現実感がないわねぇ……」

「ですねぇ……」

頭を抱えたナディお姉さんが呟いて、エリーがうんうん頷く。

現実感がないも何も、ナディお姉さんたちは私がこうなったのを目の前で見てるはずなのに。

……まぁ、私自身もちょっと信じられないんだけどね。

突然、クルスが体を丸めてプルプルと震え出す。

「……は、はは」

「どうした、クルス」

ガルが声をかけた瞬間、クルスがガバッと勢いよく二本足で立った。

「ははは！　あはははは！　最っ高だよガル！　君は本当に、僕を驚かせてくれる！」

全身の毛をぶわっと逆立てて、目をキラキラと輝かせるクルス。興奮しているせいか、魔力が辺りにまき散らされる。

笑い転げて、叫んで……疲れてようやく落ち着いたらしいクルスは、荒い息を吐きながら口を開いた。

「はぁ、はぁ……決めた！　僕は君たちについていく」

「「えっ⁉」」

「なんと」

とんでもないことを言い出したクルスに、私とナディお姉さんとエリー、そしてガルが、驚きの声をあげる。ガルはじりじりと近寄ってくるクルスの頭に手を置いて、少し乱暴に座らせた。

「お主は、この森から出たことはなかろう。何がお主にそう思わせた？」

「フィリスさ！　あれだけ面白いものを見せてくれたんだ。この子が今後、何を見せてくれるのか……気になって、このままだと眠れそうにない！」

「ふむ。まぁ……我もフィリスが気になって同道しておるゆえ、気持ちはわかるがな」

興奮が冷めない様子のクルスに、ガルが頬をかきながら同意する。

聖獣二人にじっと見られて、なんだか急に恥ずかしくなってきた。

ほぼ一日中寝ているというクルスが、私が気になって眠れないとか言うと、すごいことに聞こえる。いや、実際にすごいことなのかもしれない。

それに、ガルはちょっと戸惑っているみたいだけど、私は旅の仲間が増えるなら、それは楽しそうでいいと思う。

（だけど……）

クルスは、狼形態のガルよりも大きくて、ネコとキツネが混じったような見た目をしている。どこからどう見ても普通の獣じゃないし、一緒にいたら相当目立つ。なるべく目立ちたくない私たちとしては、このままクルスを連れていっても大丈夫なのかは迷うところ。

私が悩んでいると、同じく顎に手を当てて悩んでいたガルが喉を鳴らした。

「……そうだな。クルス、姿を変えよ。そのままでは人里には行けん」

「あ、それもそうだね。ちょっと待って」

クルスは一度大きく息を吐いて、集中するように目を閉じる。

すると、クルスの体から魔力があふれ、まばゆい光を放ち始めた。

光が収まったときには、クルスの姿は跡形もなく消えていた……なんてことはなく。

「……これでよし、っと。これなら問題ないだろう？」

「え？」

足元から声が聞こえた気がして、そっと目線を下に落とす。

すると、そこにはとても小さな獣がいた。

黄色の体は、大きな姿のときと一緒。

ふわっとした耳と尻尾は、大きな花弁のよう。

（かわいい……）

変身したクルスは、小さなネコみたいな姿になっていた。

くりっとした大きな目も、小さな手足も……なんかもう、全部がかわいい。

「か、か、かわ……」

ナディお姉さんが何かを呟きながら、ゆらゆらと体を揺らしてクルスに近寄って……

「かわいいいぃぃぃ！」

勢いよく飛びかかった。

「ぎゃー!?　なになになに!?　うわっ、力強っ!?」

「こんな姿になれるのなら、最初からそうしてよぉ！」

素早くクルスを抱き上げて、もこもこのお腹に顔を埋めるナディお姉さん。

クルスは全力でもがいているけど、ナディお姉さんの力が強くて逃げ出せずにいる。

……ナディお姉さんも、クルスのかわいさにやられてしまったらしい。

「止めて！　彼女を止めてガル！　僕死んじゃうよ！」

助けを求めるクルスに、ガルはため息をついた。

「その程度で死にはせんだろう……が、ナディ。そのくらいにしておけ」

そしてガルは、クルスを抱きしめるナディお姉さんの肩に手を置いた。

渋るかと思っていたけど、ナディお姉さんはあっさりとクルスを解放する。

「ふふふ……堪能(たんのう)したわ」

「初めてだ……こんなにめちゃくちゃにされるなんて……」

頬を赤らめてとっても満足した様子のナディお姉さんとは反対に、クルスの目からは光が消えていた。ボサボサと乱れた毛も整えず、俯(うつむ)いたままぶつぶつと何かを呟いている。

あまりにもいたたまれなかったので、私はそっとクルスの背中をさすった。ブラシはないけど、頑張って毛並みを整える。

「だいじょうぶ？」

「あぁ、うん……君は優しいんだね」

私がしばらく無心で毛を撫でていると、クルスが元気を取り戻してきた。

「この姿は、普通よりもかなり力が落ちる。それこそ、人にも劣(おと)るくらいね」

クルスはそう言いながら、ちょいちょい、と私をつつくけど、ぷにぷにの肉球の感触しか伝わってこない。これでもクルスは、結構力を入れてるらしい。

体を小さくするのは、デメリットもあるみたいだね。変身も、いいことばかりじゃないんだなぁ……とか思っていると、クルスがナディお姉さんを見た。

「だから、普通に潰れちゃうかもしれないから、急に抱きつくのはやめてくれ……」

「そうね。次はちゃんと宣言してからにするわ」

「宣言したらいいってものでも……はぁ、まぁいいや。日に一回までだからね」

「はぁい」

ナディお姉さんは適当に返事する。

あまり話を聞いていなそうなナディお姉さんに、クルスは説得を諦めた。

というか、一日一回はクルスをもふもふしてもいいんだね。

私もクルスのお腹に顔を埋めてみたいし、たまにもふらせてもらおうかな。

「さて、では戻るか……と言いたいところだが」

ガルがそこで言葉を切って、上を見た。

クルスも同じように空を見上げて、納得したように「あぁ」と声を出す。

「もう日暮れだね。夜になると、魔物の動きが活発になる。ドラゴンがいなくなったから、森の魔物も増えているはずだよ」

「流石(さすが)の私も、視界が悪い中で戦いたくはないわね」

ナディお姉さんがため息をつく。

確かに、いつの間にか、辺(あた)りはすっかり暗くなっていた。

わざわざ夜に危険地帯の森の中を、移動する必要はない。というか、したくない。

私たちは、今日はクルスの住(す)み処(か)を借りて休むことに。

ピラミッドの中は、残念ながらクルスが眠っているという地下の小部屋以外は崩れてしまっていた。

でもクルスは、そこだけは管理しているらしい。

地下の部屋は暖かくて地面が柔らかいから、寝転がっても体が痛くならない。

私たちは私がガルと出会ったときのことや、ナディお姉さんがエイス王国を出ることになった経緯も含めて、クルスといろいろな話をした。

眠くなってきたので狼(おおかみ)姿に戻ったガルにくっついて寝ようとしたら、ナディお姉さんも私に近寄ってくる。

……結局、私たちはひとかたまりになって眠った。

そして翌朝。私たちは、森から出るべく、歩き始めた。

クルスが加わった以外は、来たときと同じ。つまり、森から出る方法も同じ。

エリーの《ギフト》で姿を隠して、ガルの背中に乗って一気に駆け抜けることになる。

エリーはガルの背中に乗ると必ず酔うから、しばらく渋い顔をしていたけど、森の入り口が近づいてきたころには諦めて気合いを入れていた。

クルスはそんなエリーの肩に掴まりながら、わくわくした様子で辺りを見回している。

「僕、ガルの背中に乗るのは初めてだなぁ。ちょっと楽しみだ」

「声は出すでないぞ」

「わかってるよ。大丈夫さ」

ガルの注意に、クルスは余裕そうに鼻を鳴らした。

ガルは周囲に誰もいないのを確認して、狼の姿になった。

そして私たちが背中に乗って、エリーの準備ができたら、すぐ走り出す。

「「……っ！」」

私とエリーは、悲鳴をぐっと呑み込んだ。

クルスもいるから、エリーが《ギフト》を使うために消費する魔力は、森に入ったときよりも多くなる。つまり、姿を隠していられる時間が短い。

隠密効果が切れるまでに人目につかない場所まで行かなきゃいけないから、ガルも本気で……といっても、私たちを振り落とさないギリギリの速度で走る。

目まぐるしく変わる景色に目を回さないように、必死に耐えた。

（もう森を抜けた……！　速い！）

あっという間に森の警備兵たちの横をすり抜けて、一気に視界が開けた。

ガルはそのまま平原を突き進む。そして、『忘却の森』とは別の、林のようなところまで駆け抜けたところで、ようやくガルは足を止めた。

「……風になった気分だったわ！」

珍しく静かだと思っていたナディお姉さんが、ビシッと謎のポーズを決めた。なんだろう、あのポーズ……すごい不安定な立ち方だけど大丈夫かな？

その横では、エリーは酔ってふらついている。

私が盲目のころにお世話になった感覚補助をしてあげたいけど……他人に魔力を流すのは、まだちょっと苦手なんだよね。

……なんて思っていたら、ナディお姉さんがエリーを介抱し始めた。

「今回はひどそうね。エリー、じっとしていなさい」

「うぇ……はい……」

なんとか返事をするエリーの頭に、ナディお姉さんが手をかざす。

濃い青の魔力が、エリーを包み込むように流れていった。

(やっぱり、ナディお姉さんの魔力の動きはきれい……私も頑張らないと)

私の魔力量は多いけど、使い方がまだうまくないから、余計に消費してしまうことが多くてもったいない。無駄な流れをなくせたら、ナディお姉さんみたいにきれいな魔法が使えるかな?

クルスはエリーの肩から飛び下りると、ガルの肩によじ登った。そして、感心したように口を開く。

「風狼の走りは、あんなに速いのか。驚いたな」

「はっはっは。やろうと思えば、風よりも速く駆けることもできるぞ」

「そりゃすごい」

余裕そうに答えるガルのすごさに、クルスは唖然としている。

私からすると、さっきのは風みたいなものだったと思うけど。ほんの数分で、『忘却の森』が見えなくなるくらい移動したんだから。

ため息をついたクルスが、ガルの肩の上で器用に体を伸ばした。

「やっぱり、森にいたらわからないことは多いね。何もかもが新鮮だ」

「お主は一度も、あの森から出ようとは思わなかったのか?」

「まぁね。っていうか、出られなかったんだ。ほら、魔物強いし」

「……そうか」

なぜかどや顔をしているクルスに、ガルがため息をついた。

クルスって、もしかして世間知らず？　ずっと森に引きこもっていたのなら、森の外のこととか、知らないいんじゃないかな。

……なら、私たちと一緒だね。これからいろいろ見ていけばいい。

なんて私が思っていると、話題を変えるように、ガルがエリーに声をかける。

「さて、エリーは無事か？」

「どうにか。ナディさまのおかげですね」

エリーは弱々しくだけど、微笑んだ。

ナディお姉さんの治療が効いたのか、エリーの顔色はだいぶよくなっている。もう、普通に歩いても問題ないみたい。

するとナディお姉さんがにっこり笑いながら言う。

「自分で感覚補助ができると、乗り物酔いしなくなって楽よ？　フィーちゃんもやっているでしょう」

「フィリスさまはちょっと……参考にならないかと」

「……そうかもしれないわね」

エリーが苦笑いすると、ナディお姉さんもさっきの言葉を撤回するように目を逸(そ)らした。

どうしよう、何も反論できない。

私はたった一度、ナディお姉さんに感覚補助をやってもらっただけで、無意識に自分で同じことをできるようになっていた。

前世の記憶があることを除いても、私(フィリス)は常識から少しずれているみたい。

……知り合いに聖獣が三人もいて、今さら何を言ってるんだって感じだけどね。

「このまま、一気にエイス王国へ抜けるか」

ガルの提案に、ナディお姉さんが頷く。

「そうね。アシュターレの屋敷……は、無理でしょうけど、橋は見ておきたいわね。遠くからなら、見つからないように様子を窺(うかが)えるでしょうし」

「それって、フィリスが落ちたっていう橋？　僕も見たいな。人間の魔法建築には興味がある」

「では決まりだな」

クルスも興味があるってことで、ガルが行き先を『エイス王立魔法橋』に決定する。

（自分が落ちた橋を見に行くっていうのも、変な話だけど……）

あのときは目が見えてなかったし、トラウマってわけではない。

むしろ、ナディお姉さんとエリーが興奮しながら眺めていた谷や橋が、どんなものなのか見たい気持ちのほうが強い。

ナディお姉さんとガルは、地図を広げて道の確認を始めた。

「ここから、こう行けば……この街道に出るはずよ」

「ふむ。多少の高低差はあるようだが、まぁ問題はあるまい」

クルスもガルの肩の上から、地図を覗(のぞ)き込んだ。

「へぇ、結構近いね。ところで、この先ガルは、ずっと人化獣(ワービースト)の姿なの？」

「そのつもりだ。完全に変身して、いざというときに魔力が切れては困る」

「なるほどね」

クルスは軽く返事すると、ガルのひげを引っ張って遊び始めた。……参加しているのかいないのか。

というか、ガルはずっと人化獣(ワービースト)姿のつもりなんだ。まあ、私は一向に構わないけどね。

それから少しして、ガルたちはどう進むのかを決めたらしい。

「さて、行くか。今日中にはエイスとの国境を越えるぞ」

ガルが私を抱き上げて、クルスが肩に乗ったのを確認して歩き出した。

「うわぁ……強行軍ですね」

ガルの言葉に渋い顔をしながら、エリーも足を進める。

確かにこの行程は、歩かない私はともかく、体力が人並みのエリーは大変そう。

「途中でへばったら、ガルが乗せてくれるわよ」

「それもちょっと……」

ナディお姉さんは、あっけらかんとした表情でエリーを振り返る。

ガル酔いから復活したばかりのエリーは、微妙な顔をしてるけど。


『忘却の森』を出て、二日が経った。私たちは、何事もなくエイス王国内に戻ってこれた。

ナディお姉さんとエリーはフードを深く被ってずっと顔を隠しているから、まだ誰にも見つからずに済んでいる。

現在地は、イタサの街と王都を繋ぐ街道の途中……らしい。

(地図見ても、さっぱりわからないし……)

ナディお姉さんたちが見ている地図は、大雑把に道や地形が描かれただけの簡単なもの。

なんでこれで現在地が把握できるのかが、不思議で仕方ない。

しばらく歩いていると、エリーが何かに気が付いたように辺りを見回した。

「あ、ここ……見覚えがありますね」

「そりゃあそうでしょう。だって、あの日も通ったんだもの」

「馬車から見える景色とは違うので、気が付きませんでした」

ナディお姉さんの答えを聞いて、エリーは納得したように言った。

そっか、エイス王国の王都に行くには、絶対に『深緑の谷』を越えなくちゃいけない。

そして谷を越えるためには、一本しかない橋を渡るしかない。

私が谷底に落ちた日も、王都に向かっていたわけだし……同じ道を通るのは当たり前。

あの日は景色を見られなかったし、そんなこと考えてもいなかったよ。

ナディお姉さんが、私たちが進む先にある小高い丘を指す。

「そろそろ見えてくるわよ。あの丘を越えたらすぐだわ」

（いよいよ……どんなところかなぁ）

あそこを越えたら、すぐに『深緑の谷』と橋が見えるらしい。私は胸をときめかせた。

私たちはひたすら進み続け、やっと丘にたどり着いた。そのまま足を止めず、どんどん進む。

「歩くときっついわね……この坂」

「つ、疲れた……」

ナディお姉さんとエリーがひぃこら言いながら、急勾配の坂をゆっくりと上って、丘の頂上まで来た。

ナディお姉さんたちを見ていた私が、前に向き直ると……そこには、絶景が広がっていた。

「わぁ……！」

「へぇ、これはすごい」

私が思わずガルから身を乗り出すと、クルスも同じように体を伸ばして声をあげる。

私たちが見下ろした先には、まるで大地がそこで終わっているかのような断崖絶壁がある。

よく目を凝らすと、ずっと向こうにも崖があるね。霧に覆われていて谷底は見えない。

（こんな巨大な谷……初めて見た）

あれが『深緑の谷』。

あの日、私が落ちてガルに出会った、運命の場所。

いろんな感情がごちゃ混ぜになって、私が言葉を失っていると、クルスがガルの頭の上に移動した。

「あれが橋かな？　完成している姿を見たかったけど、仕方ないか」

そう言うクルスの興味は、もう橋に移っているらしい。

私もクルスの視線を追うと、橋の一部だと思われる巨大な建造物があった。

崖から せり出す、石造りの塔のような建物が二つ。その間にあるのは、途中で途切れたすごく広い道。

近くでは、何人もの人が忙しなく動いているのが見える。

街道の先で一か所に集まっているのは、見物人かな？

ナディお姉さんはその様子を見て、大きく息を吐いた。

「まだまだ修復は終わりそうにないわねぇ。いっそ、再建したほうが早くないかしら？」

「どっちにしても、土台がないと難しいでしょ」

「そもそも、あれを建造した当時とは、使う魔法が異なるかもしれぬな」

ナディお姉さんとクルス、ガルが、あーだこーだと議論を交わす。

「じれったいなー。魔法の構築がめちゃくちゃだよ。みんな、好き勝手やりすぎて邪魔してるじゃないか」

カリカリと後ろ足で頭をかきながらクルスが言うと、ナディお姉さんも呆れたようにため息をつく。

「作業しているのは、寄せ集めの土属性魔法使い……かしらね。王都側はもっとマシなはずよ」

「こういう建造物は、片側だけが優れていてもだめなんだけどなぁ……」

クルスが小さな声でぼやく。

土の魔力を持つクルスは、土木関係の知識も持っているみたい。

ナディお姉さんはそれが気になったらしく、クルスに詳しい話を聞く。

クルスいわく、魔法で建造する橋は両サイドの作り方に大きな差があると、境目から簡単に壊れてしまうらしい。だから、本来は両側のバランスがとれるように、似た魔法を使える人を配置するんだとか。

クルスの説明を聞いて、ナディお姉さんが眉根を寄せる。

「……なるほどね。ここは人の行き来ができないから、こちら側と王都側のそれぞれで人を集めるしかなかったんじゃないかしら」

「うーん……僕がやっちゃおうか」

「ん？」

ふと、クルスが小さく呟いた。聞こえていたのは、私とガルだけみたい。

なんだか、クルスがいたずらっ子のような笑みを浮かべている気がする。

「ねぇガル。久しぶりに、あれやってみない？」

「……言わんとしていることは察したが、一応聞いておこう。何をだ？」

クルスの謎の提案に、ガルが深ーいため息をついて尋ねた。

クルスは前足を広げて、器用にガルの肩の上でくるりと回る。

「聖獣の奇跡さ！　ガルもやったことあるだろう？」

「あれは若気の至りだ……」

「いーじゃん！　やろうよ。というか、あの修復の仕方はちょっと見てらんない」

額に手を当てて呻くガルを、クルスが「ねぇねぇ」と言いながらつつく。

その様子が、駄々をこねる子どもと、それに困るお父さんみたいに見えて微笑ましい。

「ねぇ、ナディたちは、奇跡見たくない？」

突然、クルスはナディお姉さんとエリーに声をかけた。

ガルがなかなか頷かないからか、クルスはアプローチ方法を変えたらしい。

「見たいわ！　すごく見たい！」

「わ、私もっ！　すごく見たいです！」

話を振られたナディお姉さんとエリーは、首が千切れるんじゃないかと思うくらいの勢いで頷く。

聖獣の奇跡って、そんなにすごいものなんだ。私も見てみたいなぁ。

クルスは私たちを見てニヤリと笑うと、ガルに向き直った。

「ほらほら、期待してる子たちがいるよ？」

「お主は……はぁ、仕方あるまい……これきりだぞ」

「やったー！」

ガルは私たちから期待の目を向けられて、もう一度大きなため息をついた。

クルスは作戦がうまくいったと、飛び上がって喜んでる。

「聖獣伝説の元になる神業！　聖獣の奇跡！　あぁ……それをこの目で見られるなんて、最高の栄誉だわ」

ナディお姉さんがそう言いながら、恍惚とした表情で祈るような仕草をする。

エリーも、祈りこそしてないけど似たような表情を浮かべていた。

二人の顔を見て、ガルは気まずそうに頬をかく。

「そんな大したものではないのだがな……」

「いいじゃん。そのほうが盛り上がる。派手にいこうよ！」

「我は目立ちたくないと言っておろうに」

「あぃてっ⁉」

ガルがクルスのおでこを指で弾いた。結構痛かったようで、クルスは声をあげる。

もしかしたら、クルスは調子に乗りやすい性格なのかもしれない。

ガルの心労は絶えなそうだけど、ナディお姉さんとは気が合いそう。

そう私が思っていると、ガルに地面に下ろされた。

「ここから先は、フィリスを連れてゆくわけにはいかぬ。ちと本気を出すのでな。ナディとエリーも、ここで待っておれ」

「すぐ戻ってくるから、安心していいよ」

そう言ったガルとクルスが、本来の姿に戻る。

二人の雰囲気が、いつもとは違うものに変わった。

まるで冷たい氷のような、鋭い空気をまとっている。

「ではクルスよ……」

「うん」

ガルにクルスが頷いてすぐに、ふたりは同時に口を開く。

「「行こうか」」

ふたりが静かに呟いた瞬間、ブワッ！　と、二色の輝く魔力が渦を巻いた。

黄色の魔力が辺り(あた)に広がって、緑の魔力がそれを追いかける。

そして一瞬強い風が吹いたと思ったら、ガルたちの姿が溶けるように消えた。

「え？」

「……あ！　あそこです！」

私が呆(ほう)けていると、エリーが橋のほうを指して叫ぶ。

慌(あわ)ててそっちを見たら、輝く魔力をまとったガルたちが、今まさに橋の手前に現れたところだった。

（まるで別人……あれが、聖獣の本気の力……）

離れていてもわかる、思わずひれ伏したくなってしまうような圧倒的な存在感。

橋の近くにいた人たちは、いきなり目の前にそんな存在が現れて混乱したのか、時間が止まったかのように動かない。

「もっと近くで見たいわね……あ、そうだ」

ナディお姉さんが、何かを思いついて、荷物を漁(あさ)り始めた。

そして取り出したのは、手のひらサイズの金属球と、先端に魔石がついた短い杖(つえ)。

前にナディお姉さんの荷物を見たときに、どう使うのかわからなかった魔道具だ……

今使うのかな？

「それなに？」

「記録球（リーコンボール）よ。本当は、戦場を偵察するためのものなのだけれど……遠くの映像が見られるからちょうどいいわね」

ナディお姉さんはそう言いながら、金属球を投げた。

金属球はそのまま落下するかと思ったけど、なんとトンボみたいな薄い羽が生（は）えてきて空中に浮かんだ。ヒュゥゥゥゥ……という、独特な甲高（かんだか）い音がする。

よく視ると、ナディお姉さんが持っている杖（つえ）と金属球は、細い魔力の線で繋（つな）がっていた。

「さぁ、行きなさい！」

ナディお姉さんが杖（つえ）を振ると、ふわふわと浮かんでいた金属球が、とんでもない速度でガルたちがいるほうへ飛んでいった。ナディお姉さんの目の前には、スクリーンのようなものが浮かんでいて、高速で流れる景色が映っている。

なるほど、あの画面を見ながら杖（つえ）で金属球を操作するんだ……なんだかゲームみたい。

あっという間に、記録球（リーコンボール）はガルたちの近くに着いた。

ナディお姉さんは細かく位置を調節して、ガルとクルスが真ん中に映るようにする。

「うんうん、ここならよく見えるわね！」

金属球は人混みの上に浮いてるみたいなんだけど、誰も気が付いた様子はない。

というか、ガルたちに目を奪われていて、周りを見る余裕なんてないのかも。
『――困っているみたいだね』
明るい少年のような口調には似つかない抑揚のない声で、クルスが人々に声をかける。
なんかエコーがかかって聞こえるのは、画面越しだからかな？
『喋(しゃべ)った⁉』
『まさか、本当に聖獣が現れたってのか⁉』
『うそだろ！　なんてこった！』
『ふぉおおおお⁉』
クルスが喋(しゃべ)ったとたん、固まっていた人たちが一気に騒ぎ出した。
中には、奇声をあげて転げ回っている人もいる。何やってんの、あの人。
『橋、直してあげようか？』
『『⁉』』
クルスの提案に、周囲の人が一斉に驚いたように息を呑んだ。
彼らを見つめながら、クルスは再び口を開く。
『僕たちにも事情があってね。ちょうどいいから、手伝ってあげるよ』
『ぜひ！　ぜひお願いします！』

『この橋がないと困るんです！』

『ありがてぇ、ありがてぇ』

集まった人たちが、土下座する勢いでクルスに頭を下げている。

まぁ、そんな深い事情はないんだけど、あの人たちはそれを知ってるわけもない。

……そして、みんな下を向いているからわからないと思うけど、クルスは渾身のどや顔をしている。頼られて嬉しいのか、素が出ちゃってる。

『任せてよ』

『道を開けよ。巻き込みかねん』

ガルが人々に声をかけると……海が割れるように、ズザッ！　と人々が一瞬で橋までの道を作った。その道を、クルスが悠々と進む。

そして橋のすぐ近くまで移動すると、集中するように目を閉じた。

（魔力が広がって……きれい）

画面越しだとわからないけど、遠く離れていても波動を感じるほど、クルスが大量の魔力を周囲に広げている。黄色の花が無数に咲いているかのような絶景。

『はぁっ！』

クルスが気合いを入れた瞬間、魔力が輝きを増した。

……すると、クルスの魔力が届いた範囲の地面が、生き物のように動いて橋に向かって集まっていく。

目をこすって確かめても、見間違いじゃない。

「うそでしょう……？　こんなにも大規模に、地形を操作できるなんて……」

「これが……聖獣、カーバンクル……」

ナディお姉さんとエリーも、目の前で起きている信じられない出来事に呆然としている。

地面が、生えている木や岩が、そのまま滑るように動くのを見たら、誰だってこうなる。

動いた地面は、そのまま崖からせり出して、一本の長い道を作っていく。

（あれはもう、橋じゃない……）

元々の橋よりも太く、広い。

その姿は橋というより、浮かんだ地面と表現するほうがいいような、異様な形をしている。

そして、その地面が向こう側と繋がったと思ったら、クルスの魔力の輝きが徐々に薄くなっていく。

「……かんせい？」

私は少し首を傾げた。

きれいな橋の形にするのかと思っていたけど、どうやらそういうわけじゃないらしい。いびつな形状のまま、クルスは地形の操作をやめた。

ナディお姉さんは、目を大きく見開いて呟く。

「で、でたらめだわ。まさか、谷にふたをしちゃうなんて……」

「木が、空中に生えていますよ……？」

「これが、聖獣の奇跡……確かに、これは伝説にもなるわね」

ナディお姉さんとエリーはクルスの妙技を目の当たりにして、乾いた笑いを漏らした。

地面がそのまま橋になったから、当然そこに生えていた木もそのまま。

橋なんかなくて、最初から向こう側と繋がっていたと言われても納得する仕上がり。

『あとは好きにしなよ』

私たちも唖然として映像を見つめる中、クルスは淡々と言い放った。

『『『……』』』

『じゃ、僕らは帰るよ』

ほんのわずかな時間で起こったとんでもない出来事に、人々はもれなく言葉を失っている。

そんな彼らから、クルスは軽い足取りで離れる。

そして私たちの前からいなくなったときと同じように、ガルと一緒に一瞬で姿を消した。

「ふぃ～、満足満足っと」

「うわ!?」

柔らかい風が吹いた……と思った次の瞬間には、クルスの顔が目の前にあってびっくりした。

いつの間にか小さな姿に変身してるし、一緒に戻ってきたガルは人化獣姿（ワービースト）。

ガルは楽しそうなクルスを、じとっとした目で見る。

「クルスよ、ちとやりすぎではないか？」

「いいんじゃない？　聖獣カーバンクルの伝説が増えるだけさ」

「この件で、お主（ぬし）がエイス王国の神獣になるやもしれぬな」

「それはそれでいいかも？」

クルスは飄々（ひょうひょう）と、ガルの言葉を受け流した。

さっきまでの神聖な雰囲気はどこへやら。ガルもクルスも、すっかりいつもの様子に戻っていた。

エイス王国の危機を救ったクルス……というか聖獣カーバンクル。

エイス王国の偉い人たちが、カーバンクルを崇めて、自国のシンボルにするかもしれないらしい。

聖獣の影響力は、私が想像しているよりも、もっとずっとすごいのかもしれない。

私がそう考えている横で、ナディお姉さんはぐっと拳を握って宣言する。

「私、将来はこの旅を手記にして売り出すわ……」

「でたらめだと思われるかもしれないよ？」

「それでもいいわ。だって、創作だったとしても面白いもの」

からかうようなクルスに、強く答えるナディお姉さん。

どこまで続くかわからない旅だけど、ナディお姉さんは全部記録する気でいるみたい。

……相当な大作になりそうだね。しかもノンフィクション。

そのとき、現実逃避でぼんやりとした私たちを叩き起こすように、ガルが手を打った。

「さて、何はともあれ向こう側とは繋がった。じきにアシュターレの件も王都に伝わるだろうが……お主らはどうするのだ？」

「あー、うーん、そうねぇ」

ガルの問いに、ナディお姉さんが歯切れの悪い返事をする。このあと何をしたいのかを決めていなかったらしい。

「……事故、いえ、事件の調査のために騎士が派遣されてきたら、私はますます動きにくくなるわね」

少し考えてから、ナディお姉さんが私とエリーに言った。

これは私たちに大きく関わる話だってことかな。

私がじっと見つめると、ナディお姉さんは再び口を開く。

「伯爵領の問題や私の失踪だけなら大したこともなかったのでしょうけれど……橋を落としたのは、国を揺るがす大事件よ」

「であろうな」

ガルが頷く。ナディお姉さんは淡々と続けた。

「アシュターレ家は、間違いなく取り潰しね。そうなると、失踪している私も死亡扱いかしら。わざわざ捜索したりしないでしょうし」

そうなんじゃないかとは思っていたけど、やっぱりアシュターレ家はなくなるらしい。まぁ、とても貴重で重要な、一本しかない橋を意図的に落としたんだから、そうなるよね。

事故だって言い張っても、どこかで必ずうそがバレるんだろうし。

私は納得しながら、ナディお姉さんの話に耳を傾ける。

「とはいえ、王国が実際に動くまでには、どんなに早くても三か月はかかるはず……それまでは変化なしでしょうね」

ナディお姉さんが、指を折りながら今後の王国の動きを予想していく。

ずっと事件の渦中にいた私たちは、ゲランテがやったことは知っている。

でも、王都の人たちは当然、こちら側で起きたことの真偽はわからない。

ナディお姉さんの言葉に、エリーが驚いたように息を吐いた。

「はぁー、ずいぶん時間がかかりますねぇ……」

「ゲランテがすぐに罪を認めたとしても、刑の執行には一年はかかるわよ？　あれでも高位貴族だから、いろいろと手続きがあるのよね」

ナディお姉さんが、頭に手を当ててため息をついた。

私たちの中では、ナディお姉さんが一番法律や国の仕組みについて詳しい。

今後どうなるのかがわかってるから、面倒に思っているのかもしれない。

「人間の、裁判……だっけ？　アレ、相当面倒臭いんでしょ？」

「ええ、死ぬほど面倒よ」

……いや、実際に思っていたらしい。

クルスの問いに答えるナディお姉さんの顔からは、能面のようにストンと表情が抜け落ちている。

「大変だな」

そんなナディお姉さんに、ガルが同情していた。

ナディお姉さんは、さらに話し続ける。

「ゲランテは間違いなく極刑……リードは、よくて鉱山奴隷かしらね」

「ひぇぇ……極刑ですか」

「それだけのことをしたのよ。あのおバカさんたちは」

青い顔をしたエリーに、ナディお姉さんは冷たく言いきる。

極刑というと……死刑？　この世界の死刑って、どういう方法なんだろう。

「ところでフィーちゃん、極刑は基本、公開処刑なのだけれど……ゲランテの首が飛ぶのは見たいかしら？」

「っは？　やだやだやだ!?」

一瞬、ナディお姉さんに何を言われたのかわからなくて呆けた返事をしてしまった。

いくらなんでも、誰かの首が飛ぶ瞬間なんて見たくない。

思いっきり首を横に振ると、ナディお姉さんは優しく背中を撫でてくれる。

「大丈夫、ちょっと聞いてみただけよ。元から見せるつもりなんてないわ」

「うー」

ならなんで聞いたの……って言いたかったけど、やっぱり確認したかったのかな。私が、ゲランテの処刑をこの目で見たいかどうか。

私は、生まれてからずっとゲランテに虐げられてきたから。

もし見たいって言ってたら、ナディお姉さんは私の意志を尊重したはず。

……興味本位で「見る」とか言わなくてよかった。

「斬首はちと、刺激が強いからな」

「フィリスに見せたら、一生心に傷が残るよね」

「我らとて、気分がよいものではないだろう」

「まぁね。好んで見るようなものじゃないのは確かだ」

聖獣たちがひそひそと話しながら、頷き合っている。

私は何があっても見に行かない。

せっかく目が見えるようになったのに、人が死ぬ瞬間は見たくないもん。

「と、いうわけで」

ナディお姉さんが、わざと明るい声を出す。

「もうアシュターレに関わるのはやめようと思うのだけれど、どうかしら？　あとは王国が解決してくれるわ。私も今のおバカさんたちの状況は知りたかったけれど、身を隠すほうを優先しようと思うの」

「お主がそう決めたのであれば、我らは何も言わん」

「僕らが手を出す案件じゃないしね」

ナディお姉さんの提案に、聖獣たちが頷く。

確かに、これ以上アシュターレに関わっても、どうしようもなさそう。

私とエリーも同じく、それでいいと言った。

「じゃあ決まりね！」

ナディお姉さんは笑顔で私たちを見た。

「それはよいが……身を隠すとして、これからどこへ行き、何をするつもりだ？」

投げかけられたガルの質問に、ナディお姉さんはしばらく考える。そしていいことを思いついたとばかりに顔を輝かせた。

「私、冒険者になりたいわ！　魔物をたくさん倒したいの！　まぁ、エイスじゃ無理でしょうけれど」

「では他国に行くか。ここから近いのは、ダナーリオか」

「行きましょう！　どこか田舎で、冒険者登録よ！」

ガルの言葉を聞いて、ナディお姉さんはずんずん歩き始める。

……ナディお姉さんが妙に明るい。

いくら「もう知らない」なんて言ってても、ゲランテやリードは、ナディお姉さんにとって十八年もの間、一緒に過ごした家族。

生まれつき疎（うと）まれていた私（フィリス）とは違って、思い出もたくさんあるんだろうなぁ。

ナディお姉さんが無理してないか、しっかり見ておかないと。

「行くわよー！」

（……杞憂（きゆう）な気がしてきた）

元気に大きな声をあげるナディお姉さんは、いつも通りに思える。

でも、心配して悪いことはないからね。

せっかく感情が視えるんだから、うまく利用しよう。

（さぁ、心機一転（しんきいってん）……目指せダナーリオ）

何はともあれ、次の目的地は決まった。

私たちは、冒険者になるために、ダナーリオ公国を目指す。

……まぁ、私は年齢制限に引っかかるから、まだ冒険者にはなれないけど。

第四章　リージア

冒険者になることを決めてから五日後。

私たちは、エイス王国とダナーリオ公国の国境の街、エルブレンに戻ってきていた。

昨日のうちに、通信鏡（メッセージミラー）を使ってエリステラさんに事情を説明したうえで、活動拠点をエイス王国からダナーリオ公国に移すことは話している。

もうエルブレンのダナーリオ側には到着していて、人が多い街だけど運よく宿も確保できた。

これで私たちが、人目を気にする必要はもうなくなった。

すでにナディお姉さんとエリーは、ずっと顔を隠していたフードをとっている。

（私はとれないけど……）

今は宿の食堂で、夕食をとっているところ。

ご飯を食べるのに邪魔だったから、私もフードをとろうと思ったら、みんなに全力で止められた。

妖精の美貌を受け継いだという顔は目立つし、虹色に光を反射する目も珍しい。

だから人目に晒しちゃいけないのはわかってるんだけど……これが結構窮屈。

（ま、仕方ないか）

便利な能力をもらえたんだし、何より目が見えるようになったんだから、このくらい我慢しないとね。

みんなが食べ終わったころ、ナディお姉さんがテーブルに地図を広げて、赤い印がついたところを指す。

「ちょっと調べてみたのだけれど……私たちが冒険者登録をするなら、このリージアって街がいいと思うのよ」

クルスは地図を覗き込むと、周囲には聞こえないよう、小さな声で囁く。

「近くに大きな森と湖があるね。自然が多いから、魔物も結構いそうだけど」

「そのぶん、仕事には困らなさそうでしょう？」

「確かにね」

平然と答えるナディお姉さんに、クルスが頷いた。

なんともナディお姉さんらしい街選び。

普通なら、魔物があまりいないところを選ぶんだろうけど、ナディお姉さんは強い魔物と戦いたいらしいから、あえて魔物が多そうなところを選んだんだね。

ナディお姉さんの強さもよく知ってるし、超強いガルもいる。

私とエリーも特に反対せず、当面の拠点はリージアにすることが決まった。

ガルも地図を眺めながら、喉（のど）を鳴らす。

「ふむ。途中の村に寄って、二日といったところか……」

「走れば、もっと早いんじゃないの？」

「そこまで急ぐ旅でもなかろう。ゆっくりと行けばいい」

先を急ごうとするクルスにガルは言った。

ナディお姉さんとエリーはうんうん頷いている。

逃避行はもう終わったし、何か急ぎの用事があるわけでもない。

だから、私もゆっくりじっくり、あちこち見て回りたい。

そう思っていると、ナディお姉さんが私を見た。

「じゃ、今日はもう休みましょう。フィーちゃんが眠そうだわ」

「はい。明日からはまた旅ですね」

エリーが、ナディお姉さんの言葉に微笑んだ。

考え事をしていただけなんだけど、ナディお姉さんには眠そうに見えたらしい。

（いや、実際眠いの、か、な……）

もう休む、という言葉が聞こえたとたん、急激に眠気が襲ってきた。

あくびをするたびに、瞼(まぶた)がどんどん重くなっていく。

昨日までは野宿だったからかな。

……結局、ガルにベッドまで運んでもらっている途中で、私は力尽きてしまった。


そして翌日。

リージアに向けて移動を開始した私たちは、早速(さっそく)トラブルに見舞われた。

「うわわわっ⁉　こっち来ないでぇ⁉」

エリーが悲鳴をあげて、でっかいカエルみたいな魔物から逃げ回る。

ナディお姉さんがそのあとを追って、エリーに迫る魔物を細剣で斬(き)り伏(ふ)せた。

「落ち着きなさい、エリー。ほら、頑張って」

「無理ですぅぅぅ！」

（〈風よ切り裂け――風刃(ふうじん)〉）

私も、ガルに教えてもらった魔法を撃って近くに来た魔物を倒す。

日々の勉強の成果を、披露するときが来たね。

〈風刃(ふうじん)〉が当たったカエルは、真っ二つになった。

その光景を目(ま)の当たりにしても、幸い気持ち悪くはならない。……すぐ灰(はい)になって消えるからかな？

「にしても、ずるい馬車だったなぁ。人任せはよくないぞー」

私の肩に乗ったクルスが、ぶつぶつと文句を言っている。

クルスの言う通り、私たちがこんな事態になっているのは、さっきこのカエルに襲われていた馬車を見つけたことがきっかけだった。

私たちは人助けのつもりで、魔物に斬(き)りかかった。

……私たちがっていうか、ナディお姉さんが、だけど。

すると、私たちが戦い始めたと見るや、馬車は猛スピードで逃げていってしまった。

（残ったのは、無数のカエルだけ……っと）

まあ馬車が助かったから、それはよかったのかもしれないけど。

ぴょんぴょんと跳ね回る、私よりも大きいカエルの軍団。

エリーが逃げ出したくなる気持ちもわかる。だって、ものすごく気持ち悪いもん。

ナディお姉さんは飛び跳ねるカエルを追いかけながら、剣で空を切って地団太(じだんだ)を踏んだ。

「あーもう！　魔法が使えれば一発なのに！」

「魔法に頼りすぎるでないぞ。こやつらのように、相性が悪い魔物もおる」

「わかってるわよぅ」

注意するガルに、ナディお姉さんは若干頬を膨らませながら答える。

カエルの魔力は、土と水。ナディお姉さんの水魔法とは相性が最悪だった。

ということで、武器の練習相手にしてるみたいなんだけど……突きの攻撃を得意とするナディお姉さんの剣術とカエルの相性も悪い。

「むきーっ！」

「あははは、頑張れー」

弱い魔物に翻弄（ほんろう）されるナディお姉さんを見て、クルスが笑っている。

何かサポートくらいしてあげたらいいのに……って、私がやればいいのか。

（〈風よ吹き荒れろ――旋風（せんぷう）〉）

タイミングを見計らって魔法を使うと、ねじれるように吹いた突風が、跳び上がったカエルを地面に叩きつけた。動きを封じちゃえば、ナディお姉さんが攻撃しやすいよね。

私の戦い方を観察していたガルが、それを見て驚いたような表情を浮かべる。

「ほう……よい選択だ」

「やっぱり、フィーちゃんは天才ねーっ！」

ナディお姉さんは落ちたカエルをバシバシ斬(き)り伏(ふ)せながら、私に投げキッスをした。

天才って言われるのにも慣れてしまったけど、私は大人の精神を持ってるから、五歳児ではありえないような思考もできるだけだよ。

そう考えていると、クルスが私の肩から飛び下りる。

「僕も、ちょっとくらい手伝おうかな」

そう言って、クルスは地面に魔力を流した。

すると、クルスの目の前の地面が盛り上がって、にょきにょきと細い棒のように伸びていく。

「〈錬成――作成(クリエイト)〉さらに〈錬成――付与(エンチャント)〉」

クルスが詠唱(えいしょう)すると、伸びた棒が強い光を放って、形を変え始めた。

なぜか、黄色の魔力に混ざって、赤の魔力がチラチラと視える。

（火の魔力？　でも、クルスの魔力は土じゃ……）

聖獣も、魔力はひとつの属性しか持っていないはず。

なのに、クルスは自分とは違う属性の魔力を扱っているように視える。

そう思っていると、クルスが作っていたものが完成した。

「できた。ナディ、エリー、これ使ってよ」

それは赤い細剣と短剣。

クルスはそれぞれを、ナディお姉さんとエリーのもとへ飛ばす。

「これは……まさか、魔剣(まけん)!?」

「うぇぇっ!?　超高級品じゃないですかぁ！　気軽に投げないでくださいよぉ！」

ナディお姉さんは細剣、エリーは短剣を受け取り、カエルの相手をすることも忘れて驚いている。

超高級品って言うけど、クルスが即興で地面から生やした剣だよ？

「まけん……ってなに？」

私は近くに来たガルに聞いてみる。

ガルはナディお姉さんたちのほうを気にしながらも、丁寧に教えてくれた。

「魔剣とは、魔法を付与した武器の総称。込めた魔法が尽きれば壊れてしまうが、それまでは魔法を連射できる、非常に強力な武器だ」

「すごい……」

私が思わず感嘆すると、ガルは続ける。

「使い手は選ばぬが、頼りきりでは腕が鈍(にぶ)る。まぁ、使い方次第だな」

なるほど。強い武器で敵を倒しても、自分の技術は磨(みが)けないもんね。

魔剣はものすごく強いけど、使いどころを見極めないといけないらしい。

「人目につくところでは作るでないぞ、クルス」

「流石(さすが)に、そんなことはしないよ」

ガルに釘を刺され、クルスは肩を竦(すく)める。

そのとき、急に視界が赤く染まった。

「うわ⁉」

驚いてナディお姉さんたちのほうを見ると、そのナディお姉さんたちもびっくりして固まっていた。

クルスが作った剣の刃(やいば)の部分がなくなっていて、辺(あた)りに火がついている。まるで、ナディお姉さんたちが火魔法を使ったみたいに。

(これが、魔剣の力……)

一瞬で、大量のカエルを全滅させるほどの火力。

こんなのがポンポン撃てるなんて……なんていうか、すごいを通り越してちょっと怖い。

まぁ、クルスなら変なことには使わないはず。

そのクルスはどや顔で、驚くナディお姉さんたちを見ていた。

「僕は〈付与〉に限って、全属性の魔力を扱えるんだ。とはいっても、魔剣くらいしか使うところはないし、僕は武器を扱えないけどね」

「でも、すごいよクルス」

「へへ、ありがとう。今回はお試しで、火を一回分だけ込めたよ」

私が褒めると、クルスは照れたように笑った。

他の属性を扱うなんて、イオリアさんでもできなかった。

クルスは、戦闘以外なら誰よりもすごいのかも。

衝撃から復活したナディお姉さんが、クルスに向かって叫ぶ。

「ねぇクルス？　火が出るなら、はじめに言ってくれないかしら⁉」

「色で判断しなよ」

「無茶言わないでよ！」

魔力が視える私とは違って、何も言われずに武器を渡されたら、まさか強力な火を噴くとは普通は思わないよね。すぐに魔剣だって気が付いただけでも、ナディお姉さんはすごいと思う。

「はぁ……まぁいいわ。助かったのは事実だもの」

ナディお姉さんがため息をついて、私の頬を揉む。

もしかして、何かストレスを感じるたびにこれやるの？

私がそう考えていると、ガルもため息をつく。

「クルスが作った魔剣は、我が管理しよう。迂闊に人前に出してはならん」

「そうね。そうしてちょうだい」

ナディお姉さんがそう言うと同時に解放された私の頬は、またちょっと柔らかくなっていた。

魔剣の扱いが決まったところで、ガルが再び口を開く。

「少々時間を食ったな。日暮れまでには村に着きたいが……」

「ここから先は、魔物を無視しましょう」

「うむ。それがよかろう」

ガルはナディお姉さんに頷いた。夜は魔物が強くなるし、明かりもないしで、ガルとナディお姉さんだけで戦うのは厳しいってことみたいだね。

私たちは、近くにある村まで足早に移動する。

カエル以外の魔物に遭遇しなかったのがよかったのか、太陽が山に隠れる寸前で、なんとか私たちは村に着いた。

ざっと見て回った感じ、この村は今まで見てきたどこよりも人が少ない。

するとナディお姉さんが何かに気付いたらしく、私たちに向き直った。

「この村、宿はないのね。代わりに広場が解放されているから、そこを使いましょう」

「旅人広場ですか」

「ええ。場所を貸してもらえるだけでも、ありがたいことだわ」

ナディお姉さんの言う通り、宿のような大きな建物はなく、この村を訪れた人はみんな柵で囲われた広場で野営をしていた。そこが、エリーが言う旅人広場っていうところらしい。

文字通り、旅人のために用意された広場なんだね。

テントの用意や食事も、全部自分たちでやらなきゃいけないから大変……だけど、私たちはもう慣れたもの。手際よく野営の準備をして、休むことにした。

「明日の朝にここを発てば、夕方にはリージアかしらね」

防具を脱いで、ラフな格好になったナディお姉さんが、地図を見ながら呟いた。

それを聞いたガルが、エリーをちらっと見て喉を鳴らす。

「一度も休まないのであればな。だが、連日歩き続けたゆえ、エリーの体力が落ちている。明日一日は、ここで休息をとるのがよかろう」

「うっ、ごめんなさい……」

ガルに言われて俯くエリーを、ナディお姉さんが慰める。

「謝らないで、エリー。そうね、明日はゆっくりしましょうか」

ガルはよく見てるなぁ……私は、ガルが言って初めて、エリーが疲れ気味なことに気が付いた。

言われてみれば顔色がよくないし、魔力も不安定に揺れている。

「地面を柔らかくしとこうか？　そのほうがよく眠れるよ」

クルスが、一瞬の間に地面に魔力を流した。もう柔らかくなったみたい。

「あ、ありがとうございます」

「いいって。睡眠は大事だからね……ふぁ〜ぁ」

恐縮した様子のエリーがお礼を言う。

返事と一緒に大きなあくびをしたクルスは、テントの隅で丸くなって……そのまま寝た。

ナディお姉さんとエリーが、くすっと笑ってそれに続く。

（私も寝よ……おぉ、柔らかい）

すぐ下は土のはずなのに、高級なベッドのようにふかふかになっている。確かにこれなら、疲れがよくとれそう。

体が大きいガルは、テントには入らないらしい。というか多分、寝ない。狼姿のガルは、くっついて眠るととても気持ちいいんだけど、人目があるところでは変身できないから、我慢するしかないか。

そんなことを思っているうちに、私の意識は沈んでいった。

そして、私たちは予定通り一日休息して、旅人広場で二度目の朝を迎えた。

「おはよう。よく眠れたかしら？」

「はい！」

ナディお姉さんの挨拶に、エリーは元気よく答える。

（エリー復活……よかったよかった）

昨日、半日以上爆睡していたエリーは、元気を取り戻していた。

エリーが寝てる間は、当然食事の用意やその他もろもろを私たちでやったんだけど……これがまた悲惨だった。

主にナディお姉さんが荷物を散らかしていたけど、いつもはすぐ片付けてくれるエリーは夢の中。残念だけど、私じゃ体が追いつかなかった。

食事も、エリーがいないと変なものが出来上がる。

早々に諦めたナディお姉さんは、携帯食料で我慢していた。

（エリーの偉大さを思い知った一日だったなぁ……）

家事をしてくれる人がいないだけで、あんなに大変だとは思わなかった。

これからは、もっともっとエリーに感謝しよう。

私がじっと見ていることに気付いて、エリーが首を傾げる。

「？　フィリスさま、どうかしましたか？」

「ううん。ありがと、エリー」

「えっ⁉　私、何かしましたっけ？」

私が急にお礼を言ったから、エリーは混乱している。

まぁ、何もしていなくても、エリーにはありがとうと伝えたい。

私のために、こうしてずっと一緒にいてくれてるんだから。

しばらく談笑していると、昨日は丸一日寝ていたクルスが起きてきた。

「あーよく寝た。朝から賑(にぎ)やかだねぇ」

「お主(ぬし)は寝すぎだ、クルス」

ちょうどテントの中に入ってきたガルは、全身の毛に寝癖をつけるクルスにため息をついたあと、私たちを見回した。

「まぁよい。支度が済んだら出発だ」

「いつでもいいよ。というか、もうちょっと寝るから、着いたら起こして」

「え、あ、私ですか？　……もう寝てる」

今起きたばかりのクルスは、ガルに適当な返事をすると、エリーの肩に乗ってまた眠りについた。

起こすように頼まれたエリーは、ちょっと戸惑ってる。

クルスは本当によく寝る聖獣なんだね。

テントをしまって忘れ物がないか確認したら、いざリージアに向けて出発。

若干雲行きが怪しいけど、ガルの見立てでは今夜まで雨は降らないらしい。

とはいえ、途中で降られたら大変なので、ちょっと急ぎ足で移動する。

歩き始めて数時間経ったころ。

ガルに抱っこされてるだけですることがなかったので、私は全力で魔力感知をしていた。

そして、このまま進んだ先に魔物の反応を見つけてしまった。

（うーん、順調な旅とはいかないかぁ）

まぁ、奇襲されたり、突然出くわして驚いたりしなくて済んだからいいか。

「ガル、まものがいる」

「うむ」

私の警告に、ガルは短く返事をして警戒を強める。

まっすぐ魔物に向かっているから、すぐに視界に捉えることができた。

（あれは確か……屍狼頭？）

姿を見るのは初めてだけど、魔力反応には視覚えがある。

ガルを小さくしたような、二足歩行する狼頭の魔物。

濡れたような灰色の毛皮に、もっさりと苔が生えたみたいな緑の腕。

そして、鋭い殺気を飛ばす血走った大きな目と、ダラダラとよだれを垂らす鋭い牙が生えた口。

盲目のときにも遭遇したけど、実際に見てみたら思っていたよりもずっと気味が悪い。

それが、三匹。だけど不思議と、怖いという感じはしなかった。

それは多分、屍狼頭よりもずっと強い魔力が、私の近くにたくさん視えるから。

「ナディ、やるか？」

ガルが声をかけたときには、ナディお姉さんは魔力を腕に集め終えていた。

「任せて！ 〈撃ち抜け——水弾（すいだん）〉！」

「「グェッ⁉」」

「はい、おしまい！」

（……はやっ⁉）

一瞬で灰（はい）になった屍狼頭（コボルト）たち。屍狼頭（コボルト）が私たちに気が付いて、こちらを振り返ってからわずか数秒の出来事だった。

ナディお姉さん、容赦（ようしゃ）ない。

ガルはほんの少しだけ屍狼頭（コボルト）が消えた地点を見てたけど、すぐに進む先へと視線を移した。

「魔石はいらんな。行くぞ」

「なんていうか、魔物に遭遇（そうぐう）したとは思えない速度ですね……」

一度も足を止めることなく、屍狼頭（コボルト）の魔石の横を駆け抜ける私たち。

魔物なんていなかった、とでも言わんばかりの様子に、エリーが乾いた笑いを漏らした。

「うーん、手ごたえがないわねぇ……」

不満げなナディお姉さんに、ガルはため息をつく。

「お主（ぬし）が手を焼くような大物に出てこられても、困るだけだろう」

「それもそうねー」

ガルに言われて、てへっと舌を出すナディお姉さん。

ナディお姉さんが苦戦する魔物というと、多分水の魔力を持つ相手。水っぽい相手は結構いる。

カエルとかね。

（……うわ）

私が頭にカエルを思い浮かべたとたん、進行方向にカエルの反応をみつけた。

「ねぇさま、カエルがいる」

「げっ⁉」

私が警告すると、ナディお姉さんが乙女にあるまじき声を出す。

元とはいえ、貴族のお嬢様が「げっ」なんて言っちゃだめだよ。

「……仕方あるまい。我がやろう」

水属性のナディお姉さんとエリーでは、相性が悪いカエル。あまり時間をかけたくないからか、ガルが私を抱いたまま刀を抜いた。

「もうみえる」

「三……いや、四匹だな。すぐ終わる」

私がカエルの姿を捉えたと同時に、ガルも呟いた。

そしてガルは全く速度を緩めずにカエルに突っ込んだ。

「ひっ」

すぐ目の前に、ヌメッとしたカエルの顔が迫る。顔を逸らすのが遅れてしまったせいで、至近距離で見つめ合ってしまった。

(間近で見ると、より気持ち悪っ!?)

ガルが一瞬で斬り伏せたけど、しばらくカエルの顔が頭から離れなそう。

「湿地が近いな。魔物も水属性を持つものが増えるだろう」

「……湿跳蛙じゃなきゃ、別にいいわ」

ガルの言葉に、ナディお姉さんがうんざりしたように肩を落とした。

というかあのカエル、湿跳蛙って名前なんだね……覚えておこう。

その後は魔物に遭遇することもなく、私たちは無事、拠点にする予定の街リージアにたどり着いた。

(……のはいいんだけど)

私は辺りを見回しながら、ナディお姉さんに話しかける。

「ひと、すくないね」

「そうねぇ。何かあったのかしら？」

街というには、あまりにも人が少ない気がする。

ナディお姉さんも疑問に思ったようで、首を傾げている。

でも、とりあえず入ってみようということで、私たちは人が全くいない検問に向かった。

「ん？　よう。この時期に旅人か？」

やる気のなさそうな兵士さんが、あくびをしながら私たちに尋ねた。

「何かあったのか？」

「知らねぇのか？　隣街の近くに魔物溜まり（ホットスポット）ができたらしくてな。商人も冒険者も、みんなそっちに行っちまったのさ。おかげでこの有様よ」

ガルの問いに、兵士さんが投げやりな感じで答える。

「ふむ、そうであったか」

「ガル、ほっとすぽっとってなに？」

聞き覚えのない言葉に私が聞くと、ガルは優しく教えてくれた。

ガルが言うには、魔物溜まり（ホットスポット）っていうのは、突然魔物が大量発生する場所。

そして、それができた場所の近くにある街は、魔物を倒して魔石を売りたい冒険者と、魔石を買い取りたい商人が集まる。さらに、集まった人たちをもてなす、宿泊施設や商店が潤う。

冒険者が集まるから、魔物が増えても問題ないし、どの街も魔物溜まりが近くにできるのは歓迎してるんだとか。

……その反面、他の街からは人が流れていってしまう。

今のリージアは、まさにその状態らしい。

「あんたらは、隣街に行かねぇのか？」

「えぇ。お金には困っていないし、わざわざ行かなくてもいいわね」

ナディお姉さんの答えで私たちが隣街に行かないとわかると、兵士さんはかすかに笑みを浮かべた。

「……そうか。ま、そういうことなら歓迎するよ。ようこそリージアへ」

今までどれくらいの人が出ていったのかは知らないけど、入る人が数人いるだけでかなり嬉しそう。私には、街のことなんてわからないけど……結構大変な状況なのかもね。

私たちは無事検問を抜けて、リージアに入った。

エリーは辺りを見回しながら、ぽつりと言う。

「……なんだか、暗いですね」

「人もお金もどんどん出ていってしまうんだから、仕方ないでしょう。この街は、運がなかったのね」

「複雑ですねぇ」

冷静に答えるナディお姉さんに、エリーは少しだけ眉尻を下げた。

私たちのリージアの第一印象は、寂れた街。

人通りがびっくりするくらい少なくて、見かけた人はみんな俯いている。

エリーが言ったように、この街の雰囲気はとても暗い。

まるで、今の空模様みたいにどんよりしている。

「まぁ、冒険者ギルドがあるのなら、別になんだっていいわね」

ナディお姉さんは、そんな街の雰囲気なんて微塵も気にしていない。早く冒険者登録をしたくて仕方がないというように、魔力が興奮で揺れていた。

ふらふらと、なぜか路地に入っていきそうなナディお姉さんを、ガルが止める。

「どこへ行くつもりだ」

「こっちのほうが近道かと思って」

「ギルドの場所も知らぬのに、その自信はどこからくるのだ……」

へらりと笑うナディお姉さんに、ガルが深いため息をつく。

このままナディお姉さんを放っておくと、迷子になってしまうかもしれない。

ということで、ガルがナディお姉さんの腕を掴んで歩き出した。

（ナディお姉さん、子どもみたい……）

もう立派な大人のはずなのに、ガルに捕まって頬を膨らます姿は、すごく子どもっぽい。

まぁ、見てて面白いし、本人も楽しそうだからいいんだけどね。

私たちはしばらく、数少ない人に道を聞きながら歩き続ける。

そして、剣と盾の看板が掲げられた、大きな建物にたどり着いた。

「ここが冒険者ギルドね！」

ナディお姉さんが目を輝かせる。

ガルは建物に入る前に、エリーの腕の中で爆睡しているクルスに声をかけた。

「起きろクルス。着いたぞ」

「んあ？　もう着いたのか。早いねー」

起きたクルスは、ゆっくりとエリーの腕から抜け出して、なぜか私の肩に乗った。

「ん？」

別に重くはないからいいんだけど、どうして私の肩に？

……って思ってたら、クルスが小声で私に囁く。

「フィリス。中に入ったら、君が僕を使役しているように振る舞って」

けど。

「え……それは、どうして？」

私がクルスを使役(テイム)……振る舞うってことは、実際にやれってわけじゃないんだろう

よくわからないでいると、クルスが説明してくれる。

「君が舐(な)められないようにさ。まだ冒険者になれない子どもでも、獣(けもの)を従えるだけの力はあるんだぞって、周囲に見せつけるんだ。それだけで、面倒事が減るはずだよ」

「そうなの？」

「なんなら、適当に僕に指示してよ。僕がきちんと従うってわかれば、それで十分さ」

「……わかった」

できるかどうかはわからないけど、クルスが私のためになるって言うんだし、頑張ろう。

……でも、指示ってどうやるのかな。お手とか、そんな感じでいいの？

なんて思っていると、ナディお姉さんはガルを振り切って、ギルドの扉を勢いよく開けた。

「頼もーっ！」

「ナ、ナディさまぁ！」

エリーが慌(あわ)ててナディお姉さんのあとを追う。

道場破りじゃないんだから、その挨拶(あいさつ)はどうかと思うけど……まぁいいか。

ガルがギルドに入る直前に私を下ろして、頭を撫でてくれた。

「気負う必要はない。お主(ぬし)はただ、クルスを乗せておればいい」

「え？」

私が首を傾げると、ガルは優しく続ける。

「傍目(はため)には、すでに使役者(テイマー)に見えるだろう」

クルスとの会話が聞こえていたのか、緊張をほぐそうとしてくれたらしい。

そっか、このまま何もしなくてもいいんだ。なら、気が楽だなぁ。

先行してギルドに入ったナディお姉さんは、キョロキョロ辺(あた)りを見回している。

「あら、誰もいないの？」

「休業中でしょうか」

「いえ、それはないはずだけれど」

エリーの言葉に、ナディお姉さんは首を横に振った。

ナディお姉さんが突撃したギルドの中も、人があまり……というか、誰もいない。

灯りすらついておらず、休みなのかと思ってしまったけど、奥にはちゃんと人の魔力反応がある。

ということは、誰かはいる。

私がそれを伝えると、ナディお姉さんが奥に向かって大声で叫んだ。

「ちょっとー！」

「なんや、客か。依頼が溜まる一方の、リージア弱小ギルドにようこそ……」

(うわ、卑屈だなぁ……)

のろのろと奥から出てきたのは、前世で聞いた関西弁のような、発音に独特な訛りがある言葉を話す男性。じめじめと暗い空気をまとっていて、髪はボサボサで無精ひげが生えている。

よれよれだけど一応制服みたいな服を着てるから、多分ここの職員さんなんだろうけど……ちょっとだらしない。

「いやー、誰か来るのも、久しぶりやなぁ」

「西方訛りか……久しぶりに聞いたな」

ガルが言うと、男性はひらひらと両手をあげる。

「聞き取りにくいなら、中央語にするで？」

「そのままで構わん」

ガルは首を横に振る。男性の喋り方は、西方訛りっていうらしい。

ということは、私たちが普段話しているのが、中央語なのかな。

何気ない会話の中でも、学ぶことはたくさんあるね。

私がそう考えていると、男性は私たちに背を向け、何か作業しながら話す。

「んで？　依頼持ってきたん？　生憎やけど、見ての通り対応できる人なんておらへんで」

「私たちは、冒険者登録をしに来たのよ。ここを拠点にするつもりなの」

「…………ホンマに？」

投げやり気味で話していた男性は、ナディお姉さんの言葉を聞くなり固まった。

そして、ギギギ……と、壊れたロボットのように振り返る。

「……あかん嬉しい。涙出そうや」

「もう出てるわよ」

「おっと」

ダバーッと、滝のような涙を流す男性……感情が全部表に出るタイプなのかな。

ナディお姉さんは冷静にツッコんでいた。

呆れる私たちをよそに、男性は近くにあった棚から紙を数枚持ってきた。

「登録に試験はないで。これに必要事項を書くだけや！」

「あら簡単」

用意された紙は三枚。やっぱり、私のぶんはないんだね。

ちらっと覗(のぞ)くと、名前と得意な武器、魔法の適性を書く欄があった。

これだけで登録できるんだ……思っていたよりもずっと簡単だなぁ。

ナディお姉さんはぼーっとしていたエリーに声をかける。

「エリーも登録しなさい」

「えっ!?　私もですか!?」

「登録だけでもしておけば、あとで楽よ」

エリーは冒険者登録をするつもりがなかったようで、ナディお姉さんに指示されて驚いている。

年齢的に引っかかる私と違って、エリーはもう普通に冒険者になれるはず。

でも、エリーは戦闘が苦手だからか、まだ悩んでいる様子。

「冒険者の証(タグ)は、身分証明に使えるから、持っておいて損はないわよ」

ナディお姉さんにそう説明されて納得したのか、エリーも必要事項を紙に書き込んでいく。

そんな中一人だけ書かないガルに、男性が尋ねる。

「おっさんはどうするん？」

「我は元冒険者ゆえ、復帰試験を受けたいが……ここでもやっておるか？」

ガルは昔、人に紛れて生活をしていて、そのときに冒険者として活動していたんだよね。

……聖獣だからとっても強いし、高ランクで復帰できるなら、それが一番いい。

私が納得していると、男性はガルに頷いた。

「やってるで。元は何ランクだったん？」

「Aだ」

「ほいほい、Aね……って、Aぇ!?」

さらっと答えたガルに、男性が跳び上がって驚いた。

ガルのランクは予想外だったらしい。唖然とした顔でガルを見ている。

「Aランクなんて、この街が一番盛り上がっとったときでも、数人しか見とらんで……」

「ほう、少ないのだな」

「せや！　高ランク冒険者は貴重なんや！　ぜひ試験を受けてってや。あ、ねぇちゃんたちの用紙ももらうわ」

興奮しながらガルに答えた男性が、必要事項を記入し終わったナディお姉さんたちから紙を回収して、慌ただしく奥に引っ込んでいった。

……ガタンガシャンと、奥から大きな音がする。

ここにはあの男性しかいないのか、魔力反応はひとつだけで、あちこち動き回っている。

すると男性が、奥からひょこっと顔だけ出した。

「よっとと。こっちに修練場があるから、ちょぉ来てや」

「うむ」

「私たちも行きましょう」

男性に案内されて、建物の奥へ向かう。待っていろとも言われなかったので、私たちもガルに続いた。

扉を一枚くぐると、そこには天井がなくて、広い中庭みたいになっている。

その真ん中では、さっきの男性がなぜか鎧を着込んで待っていた。

「復帰試験はここで行うんや。やり方は知っとるん？」

男性の問いに、ガルは首を横に振る。

「いや、初めてだな」

「そか。なら説明からやな」

ガルだけ真ん中に来るように指示されて、私たちは端で見学することに。

私たちがいるところからは距離があって、ガルたちが何を話しているのかは聞き取れない。

でも、男性は完全武装……ということは、もしかして復帰試験ってあの人と戦うの？

（大丈夫かなぁ……あの人）

はじめから、ガルの心配はしていない。

だって、普段私というお荷物を抱えていても、余裕で魔物と戦ってるし。

少しすると説明が終わったのか、男性とガルがちょっとだけ距離を取った。

「そういや、名乗っとらんかったな。ワイはギナウ。元Aランク冒険者や。さぁいくで！」

ついでのように名乗った男性は、ギナウさんというらしい。

身長ほどもある大きな剣を構えたギナウさんが、名乗るや否(いな)やガルに向かって鋭(するど)く突っ込む。

……だらしない見た目からは想像できなかったけど、あの人も強いみたい。

「ガルだ。参る」

対するガルは、刀を収めたまま足を前後に大きく開いて、ぐっと腰を落とした。

「でりゃぁああああ！」

「……シッ」

それは、ほんの一瞬の出来事。

ギナウさんが剣を振り下ろす直前、ガルが大きく踏み込んだ。

まばたき一回分の間に、ガルとギナウさんがすれ違う。

「あん?」

何かを感じたのか、ギナウさんは自分の剣に視線を落とした。

すると……ポロッと。

ギナウさんが持っていた剣が、鍔のすぐ上から滑るようにして折れた。というか、切れた。

ガルが目にも留まらぬ速さで振った刀が、ギナウさんの剣をきれいに切断したみたい。

「う、うそやん……」

見る影もなくなった剣の残骸を前に、ギナウさんが呆然と呟いた。

まぁ、戦いにすらなっていなかったからね。

そもそも、ガルとまともに戦える相手なんていないと思うけど。

ギナウさんはしばらくぼうっとしたあと、ニッと笑みを浮かべた。

「合格、文句なしに合格や。ワイと数分打ち合えれば十分なんやけど、一瞬で負けたわ。おっそろしい速さやで。ワイにも剣筋が見えんかったなぁ……」

「まだ衰えてはおらぬぞ」

「そうみたいやな。ともあれ、Ａランク復帰おめでとう！」

柄(つか)だけになった剣をポイッと放ったギナウさんが、やや大げさな拍手をする。

こうして、あっという間に、ガルの高ランク冒険者復帰が決まった。

ガルなら普通にそうなると思ってたから、驚きもないけど。

ギナウさんは、今度はナディお姉さんを見る。

「ねぇちゃんたちの証(タグ)も、すぐ作るわ。ちぃっと待っとってな」

「ええ、よろしく」

「明日までには作っとく。というか、他の職員呼び出して作らせる」

……ギナウさんが燃えている。一人しかいないのかと思ってたけど、ここには他の職員もちゃんといたみたい。やることがないから、休暇状態だったのかな。

でもガルたちが冒険者になるから、今はいない人たちを集めるらしい。

ギナウさんはニッと笑って、ガルたちを見回した。

「明日から活動できるで。依頼めっちゃ溜まってるけどな、できる範囲で頼むわ」

「了解だ」

「いやー、こんな時期に凄腕(すごうで)冒険者が、仲間連れて復帰か！　運ええなぁ」

とても嬉しそうなギナウさん。会ったばかりのときは、今にも倒れそうなくらいふらふらしていたけど、ガルとナディお姉さん、そしてエリーが冒険者になるとわかって上機嫌になっている。

ガルに一瞬で負けたことなんて、気にしてなさそう。

「ところで……」

突然ギナウさんが、私のほうを見た。正確には、私と、私の肩に乗るクルスを。

「ずっと気になっとったんやけど、その子は？　まだ冒険者にはなれへんやろ」

「私の妹よ！　確かにまだ幼いけれど、フィーちゃんは天才なのよ」

「そ、そか……妹ちゃんか。かわええな」

なぜかどや顔で私を紹介するナディお姉さんに、ギナウさんがちょっと引いてる。

どうやら、ギナウさんはずっとついてくる私が気になっていたらしい。

冒険者登録をするわけでもなく、何かを喋(しゃべ)るわけでもない……確かに気になるかもしれない。

「まぁええ。んで、妹ちゃん、使役者(テイマー)か何かなん？　珍しい色やけど、その肩にくっついてんの、ハナキツネやろ？」

（ハナキツネ……？　クルスのこと？）

クルスはカーバンクルだけど……小さくなったクルスに似た獣(けもの)がいるのかな？

ガルが私のために用意してくれた本の中には、ハナキツネなんて出てこなかったけど。

「そうだ。この子には、使役者の素質がある」

ギナウさんが言った名前に聞き覚えがなくて答えられずにいると、ガルがフォローしてくれた。それを聞いたギナウさんが、私をじっと見て大きく息を吐いた。

「はぁー、大したもんやなぁ。将来が楽しみやん」

「そうだな」

もう少し深く聞かれるのかと思って身構えたけど、そんなことはなかった。

ガルが言っていた通り、私はただクルスを乗せて立っているだけでなんとかなったね。

「むぅ」

……私に何かさせたかったらしいクルスは、特に何も起きなくて不満げだけど。

その後、私たちが手続きを終えてギルドから出ようとすると、ギナウさんに呼び止められた。

何か不備があったのかと思ったら、ギナウさんは手に持っていた紙をガルに渡す。

「これ、今も営業しとる宿の場所な。冒険者を優先して泊めとるんや」

「ほう、それは助かる」

「今はどこもスッカスカやし、正直どこの宿とってもええんやけどな。そこに書いてある宿なら、ギルドから連絡しやすいんや」

なるほど。ギナウさんはこの紙をわざわざ用意してくれたんだ。書いてあるのは、ギルドと提携してる宿ってことかな。

「じゃあよろしくなー」

ギナウさんと別れて、もらった地図を見ながら歩く。

せっかくなので、私たちはギナウさんに紹介された宿に泊まることにした。

(それにしても、本当に人がいない……)

宿に向かう途中も、ほとんど人は見かけなかった。

建物の中には、結構反応があったんだけど……誰も外には出ていないみたい。

活気がなくなった街は、やっぱり寂しい。

なんて考えているうちに着いたのは、木造二階建ての歴史がありそうな宿。

「ここねー。あら、いい宿じゃない」

ナディお姉さんはこういう雰囲気が好きなのか、目を輝かせて中に入っていった。

「なんだか美味(おい)しそうな匂いがする。夕食時に重なったかな？」

クルスは……食べ物のことしか頭にないらしく、しきりに鼻を動かしている。

ナディお姉さんに続いて中に入ると、番台みたいなところで横になっていた人が、慌(あわ)

てて身を起こした。

「お客さん⁉　い、いらっしゃいませぇ！」

（わ、獣人（ビースター）だぁ。かわいい……）

そこにいたのは、ピンク色の髪の女の子。犬っぽい耳と尻尾（しっぽ）が生（は）えている。

目が見えるようになってから、こんなに近くで獣人（ビースター）を見たのは初めてだけど……耳がピコピコ動く様子が、すごくかわいい。

「なんめい様ですか？」

「四人と、それから一匹ね」

「はーい」

十代前半くらいの見た目にしては、喋（しゃべ）り方が幼い……というか、発音が少し私たちが使っている言葉と違う。無理に中央語にしようとして、もたついているように聞こえなくもない。

もしかしたらこの女の子も、ギナウさんみたいに普段は訛（なま）りのある言葉を使っているのかもしれない。

「お名前はなんですか？　あ、一人でいいですよ」

「では、ガルで頼む」

「ガルさん！　わかりました！」

女の子に尋ねられて、ガルが代表して答えた。

元気に返事をした女の子は、ガルの名前を手元にあった台帳みたいなやつに書き込む。

（あれ……ガルじゃなくて、ガリになってる）

私は身長が高いガルに抱えられているから、上から台帳を覗き込めたんだけど……ガルの名前の表記が間違っているように見えた。

元々似ている文字だし、もしかしたら癖字でそう見えるのかもしれないし……と、訂正するべきかどうか悩んでいると、私と同じ間違いに気が付いたガルが喉を鳴らす。

「字が違うぞ」

「んえ？　……あっ!?」

ガルに言われて、女の子が慌てて字を直す……どうやら、ただの誤字だったらしい。

でも、前にナディお姉さんから、この世界の平民の識字率はそんなに高くないって聞いたことがある。それなら、普通に文字が書けるだけでも、実はすごいことなのかもしれない。

「失礼しました。これ、お部屋の鍵ですっ！」

「二階だな」

「はい！　あ、わたしはマルンです！　何かあったら呼んでください」

（マルンちゃん、って呼ぶのがしっくりくる……私（フィリス）より、だいぶ年上だろうけど）

それでも、十二、三歳くらいに見える。ご両親のお手伝いかな。偉いなあ。

「マルンといったか。この宿には、何がある？」

「じゃあ、案内します」

ガルが尋ねると、番台から出てきたマルンちゃんが中を案内してくれる。

「あっちが食堂です。ごはんはすぐ食べられます！」

「うむ」

「むこうに酒場もありますけど、今は閉めてます」

この辺は、今まで泊まったことがある宿と大差ないかな。酒場がやっていないのは、人が全然いないからだろうし。

一通り説明が終わったところで、マルンちゃんが何かを思い出したのか立ち止まった。

「あと、お部屋にシャワーがついてます。井戸と繋（つな）がってて、水がたくさん使えます！」

「本当!?　助かるわ！」

「やっと、まともに体を洗えますね……！」

マルンちゃんの一言（ひとこと）に、ナディお姉さんとエリーが食いついた。

ずっと野営続きで、せいぜい水浴びくらいしかできなかったからね。シャワーが使い放題だとわかれば、それは嬉しいよね。

かくいう私も、すごくワクワクしてる。

お風呂がないのは残念だけど、この世界の主流はシャワーみたいだから仕方がない。

……イオリアさんの宿には、大きな浴槽があったけど。また行きたいなぁ。

「食事の前に、シャワーね！」

「あ、待ってくださいナディさま！」

ナディお姉さんはガルから鍵をひったくって、すごい勢いで階段を上っていった。エリーが急いでそのあとを追う。

ガルもそれに続きながら、ぼそりと呟いた。

「我にはわからぬ感覚だが……湯浴みは大切なのだな」

「そうだよ」

私が肯定すると、ガルは遠い目になる。

「イオリアが言っておったのは、こういうことか」

聖獣でありながら、普通の人と同じ見た目をしているイオリアさんは、並みの女性以上に身だしなみに気を遣っていた。何日も体を洗えず、真っ黒になった私を見たイオリアさんに、ガルが怒られていたのを思い出す。

すると、クルスはナディお姉さんたちの反応を見て、カリカリと後頭部をかいた。

「シャワーは難しいけど、今度から野営するときは、昔イオリアが言ってた……お風呂？　っていうのを作ろうかな。水はナディが出せるでしょ」

「！　おねがいクルス。つくって」

「おぉう……君もかフィリス。まぁ、君も女の子だしね」

クルスの提案は最高。土の力で浴槽を作ってもらえて、野営でお風呂に入れるなんて、夢みたい。

ナディお姉さんとエリーがいれば、水には困らないし。沸かすのは火さえおこせばなんとかなりそう。

急に必死になった私に、クルスが驚いてるけど気にしない。お風呂は大事だから。

（というか、私も早くシャワー浴びたい！）

ガルを急かして、ナディお姉さんたちがいる部屋に向かう。

部屋の前に着いたところで、もう中からは水の音が聞こえていた。

なんだかはしゃいでいるような声も聞こえる。

「我らはしばし待つ。終わったら呼べ」

「この中には、流石に入れないなぁ」

女性がシャワーを浴びているところに入るのは気が引けたのか、ガルとクルスは部屋の前に座り込んだ。

私が一人で部屋に入ると、すぐ脇にもう一枚扉があって、そこから湯気がもうもうと漏れている。

（こっちか……）

背伸びしてギリギリ届く高さにある取っ手を、なんとか引く。

「ん？　わぁ!?」

中に入って振り返ったとたん、お湯が私にかかった。

扉を閉めたあとだったから、外をびしょびしょにしなくてよかったよ。

「あらフィーちゃん！　いらっしゃい！」

「もう！　はしゃぎすぎですよ、ナディさま！」

私にお湯をかけたのは、子どもみたいにシャワーで遊ぶナディお姉さんだった。

一糸まとわぬ姿で、ばしゃばしゃと水をはねさせながら暴れている。

これで、元貴族令嬢だなんて信じられない。服をびしょびしょにしながら、エリーが必死に宥めているけど、ナディお姉さんが落ち着く気配はない。

（はぁ、仕方ない……超手加減して、〈風よ、撃ち抜け――風弾〉）

このままナディお姉さんが暴れ続けたら、宿の人に怒られちゃうかもしれない。

なのでちょっと強引だけど、威力を抑えた魔法をナディお姉さんの顔に当てて、強制的に動きを止める。

エリステラさんがやっていた、魔力をわざと霧散させて魔法を不完全な状態で発動する……っていう方法を意識してみたんだけど、こういうときには役に立つかもしれない。

「おふっ!?」

ナディお姉さんは魔法が直撃して、変な声をあげる。

「ねぇさま、おちついて」

「はい……」

荒療治が効いたのか、ナディお姉さんは無事に落ち着いた。

……いや、私に怒られたってことのほうが効いているのかもしれない。

（これは、ナディお姉さんが悪い。ちょっと反省しなさい）

久しぶりにシャワーを使うから、はしゃぎたい気持ちもわかるけどね。他人に迷惑をかけるのはいけません。

ナディお姉さんがおとなしくなったことで、そのあと私とエリーはスムーズにシャワーを浴びられた。

大量のお湯って、やっぱり気持ちいいね。すごいさっぱりしたよ。

私たちはシャワーを満喫したあと、身支度を整えた。

そして、部屋の外で待機していた聖獣たちを呼ぶ。

「ガル、もういいよ」

「うむ……む？　ナディはどうした」

「きにしないで」

ガルがベッドの上で蹲るナディお姉さんを見て首をひねった。

何かあったのかと心配してるみたいだけど、私に叱られてしょげているだけだから気にしなくてもいい。そのうち復活するから。

そのとき、私のお腹がきゅぅ……と鳴る。この宿に着いたときから美味しそうな匂いが漂ってたからね。

すぐ食事はできるってマルンちゃんが言っていたし、早く食堂に行こう。

「ごはんたべたい」

「ふむ、では行くか」

ガルは頷くと、私を抱き上げて歩き始めた。

「お腹が空きました。ナディさま、行きますよ」

「はーい……」

ナディお姉さんの腕を引っ張りながら、エリーもついてくる。

エリーはいつもはこんなに強引じゃない気がするけど、どうしたのかな？

……って思っていたら、エリーがメモ用紙をぎゅっと握りしめた。

「私、ダナーリオの料理は初めてなんです。楽しみですね」

なるほど、エリーの興味が向く先は、ダナーリオ料理だったんだ。

「おいしいよ。わたしはすき」

「あ、そっか。フィリスさまは召し上がったことがあるんでしたね」

エリーの言う通り、私はガルと二人旅をしているときにダナーリオの料理を食べたことがある。

エイス王国とは味付けが全然違って美味しいよ。和風な料理は、前世の私にも馴染みがあるからね。

メモを持っているということは、エリーは自分でも作れるようになりたいのかも。

「おう、らっしゃい！　ゆっくりしていってくれ！」

「久しぶりのお客さんね。張り切っちゃうわ」

私たちが食堂に着くなり、やる気に満ちあふれた赤髪の人間の男性と、白い髪の犬っぽい獣人の女性が近寄ってきた。

「しばらく世話になる」

ガルが二人に言うと、赤髪の男性がニカッと歯を見せる。

「おう、俺はダインで、こっちが妻のヘレナだ。よろしくな！　マルンにはもう会ったよな？　あいつは俺たちの娘だよ。家族でやってる小せぇ宿だが、よろしくな！」

……人間と獣人のハーフって、獣人になるんだね。初めて知った。

私たちが席に着くと、ヘレナさんは厨房に入っていった。

料理を用意してもらうまでの間、ダインさんが私たちのテーブルに来てくれた。

主にショックから立ち直ったナディお姉さんが相手になって、これまでの旅の話をしてる。

「かーっ！　エイスから！　かなりの距離があるだろうに」

「旅も楽しいのよ」

「どのくらい滞在するんだ？」

「そうね……この街を拠点にするから、しばらくは。ここを当面の宿にさせてもらえると嬉しいのだけれど」

「おう、いくらでも使ってくれ！　うちも助かる！」

ナディお姉さんのお願いに、ダインさんが豪快に笑う。

でも、リージアを拠点にするのはいいけど、ずっと宿暮らしというわけにもいかないよね。

家を買うにしろ、借りるにしろ……それが決まるまでは、とりあえずこの宿で過ごすらしい。

しばらくすると、ヘレナさんが料理を運んできた。

「できたわ。さぁ召し上がれ！」

「いただこう」

「わぁ、美味しそう！」

ガルは頷いて、エリーが初めて見る料理の数々に目を輝かせる。

(炊き込みご飯みたい。具はお魚かな？　こっちは煮物だ)

鼻腔をくすぐる出汁と醤油の香り……リージアでも、和風な味付けは定番らしい。

フォークが置かれているから、前世でお箸に慣れている私には、若干違和感があるけど。

「あら、美味しい」

「繊細な味付けですね……なんの味だろう」

ナディお姉さんは目を見張り、エリーは食べ慣れない味に不思議そうにしてる。

ダナーリオ料理は、初めて食べるナディお姉さんたちのお気に召したみたい。

エリーはヘレナさんに質問しながら、何かを素早くメモしている。

（うん、美味しい）

正直、私はエイス王国の料理よりも、ダナーリオ公国のもののほうが好き。

エイス王国のも、マズいわけじゃないんだけどね。

私たちの食事風景を見ていたガルが、同じようにしていたクルスの耳元で囁く。

「賑やかだな」

「しんみりしてるより全然いいよ」

「うむ」

聖獣たちはこっそりと話しているつもりみたいだけど、すぐ目の前にいる私には聞こえている。ガルたちもそれは承知の上かな。

（まあいいや）

ガルたちの会話は気にしないことにして、私もダナーリオ料理に舌鼓を打つ。

あっという間に、私たちは食事を終えた。

その辺りから、眠くて記憶が曖昧なんだけど……気が付いたらベッドに横になってた

から、ガルかナディお姉さんが運んでくれたのかな。

（ありがとう、運んでくれた誰か……）

私を抱きかかえるような格好で爆睡しているナディお姉さんが気になりつつも、眠気には抗（あらが）えず、私はもう一度目を閉じた。

そして、翌日。

宿をしばらくの拠点にするので、私たちはほとんどの荷物を置いてギルドに向かう。

ナディお姉さんに至っては、細剣と杖（つえ）しか持っていない。

かくいう私も、ポーションが入ったポーチだけしか持ってないけどね。

（ん？　人が多い？）

ギルドに着く時間は指定されなかったので、とりあえず朝一番で来たんだけど、建物の中に視える魔力反応が、昨日よりもかなり多い。

「邪魔するぞ」

「おっ！　来よったな！　もう証（タグ）はできてるで」

ガルに続いて中に入ると、昨日と全く同じ格好をしたギナウさんが、奥から飛び出してきた。

目の下には盛大にクマができている。もしかして、昨日寝てないの？

ギナウさんは眠そうにあくびをしながら、小さな包みを取り出した。

「ほい、コレ。まずはねぇちゃんたちのやな」

「ありがとう」

「ありがとうございます！」

ナディお姉さんとエリーが、それぞれ包みを受け取る。

それに入っていたのは、親指くらいの大きさの金属板がついた、ネックレスのようなもの。

質素なデザインで、鉄っぽい金属板の表（おもて）には、「F」の文字が彫（ほ）られていた。

「初めての登録っちゅうことやったから、二人ともランクはFや。頑張って上げてな」

「ええ！」

目を輝かせたナディお姉さんが、力強く頷く。

なるほど、これが冒険者の証（タグ）なんだ。

表（おもて）側に書いてある文字がランクで、Fが一番低いんだね。

裏側には名前と魔力の属性が書いてあって、個人を識別しているみたい。

ナディお姉さんたちが首に証（タグ）をかけるのを見て、ギナウさんは大きく頷く。

それからさっきよりも豪華な包みを取り出して、周囲に見せびらかすようにガルに渡した。

「で、ランクを上げるとこうなるんや！　ほい、おっさんの証(タグ)な」

「うむ、確かに受け取った」

（うわ、すごい！）

……ガルの証(タグ)は、金色に光り輝いていた。「A」の文字が、浮(う)き彫(ぼ)りみたいな技法で描かれていて、Fランクの証(タグ)とは比べ物にならないくらい手が込んでいる。

それを見た周囲の人たちがざわめいた。

「おいあれ、Aランクの証(タグ)か？」

「すげぇ……初めて見たぜ」

「あの人化獣(ワービースト)のおっさん、ナニモンだよ……」

ここにいるのは職員さんだけなのかと思ってたけど、冒険者っぽい人たちも何人かいるみたい。

ナディお姉さんと同じ証(タグ)をつけた少年たちが、遠巻きにガルを見て呟いている。

魔力反応を見る限り、エリーと同じくらいの強さかな？

剣とか槍(やり)を持っている人もいるから、多分魔法よりもそっちのほうが得意なんだと思うけど。

「みんなも頑張りぃや。Aランクになれたら、そらもう英雄やで」

ギナウさんが、ざわめく人たちに向かって話しかける。

ランクが上がると、強いっていう評価だけじゃなくなるのかな？

「ガルは、えいゆう？」

「せや！　全冒険者憧れの、最強の英雄や！」

私の質問に、英雄の部分を強調して、ギルド全体に聞こえるんじゃないかって大声で叫んで答えるギナウさん。注目を浴びたガルが、恥ずかしそうに身じろぎをする。

ギナウさんの声が響いた瞬間、ギルドにいた冒険者たちの魔力反応が、やる気を表すように一斉に揺れた。

そして、我先にと依頼を受けていく冒険者たちを見たギナウさんが、ガルに耳打ちした。

「……悪いな、おっさん。みんなの士気を高めときたかったんや」

「いや、構わん。ちと気恥ずかしいがな」

ガルは首を横に振った。

なるほど。ギナウさんは、高ランク冒険者のガルを、わかりやすい目標にさせたらしい。

（よく考えるなぁ……）

人が少ないリージアで、どう冒険者に働いてもらうか。

ギナウさんは、高ランクになれるかもしれないっていうことを餌にするために、ガルを使ったんだね。本当に、よくこんなの思いついたなぁ。

私が感心していると、活気づいた冒険者に触発されたらしいナディお姉さんが、エリーの手を引いて依頼が貼り出されているボードに突撃していった。

「私たちも受けましょう！　初依頼よ！」

「ちょっ、無茶なのは選ばないでくださいよー⁉」

ぎゃーぎゃーと騒ぎながら、依頼を見繕うナディお姉さんたち。

「全く。あやつらは騒がしいな」

二人を見て、ガルがフッと笑った。そして、もう一度ギナウさんに向き直る。

「我はこの子を同行させるが、問題はあるまい？」

「そりゃ自己責任や……と言いたいところやけど、異様な安心感あるから問題ないで」

ガルの問いに、ギナウさんがうんうんと頷く。

（異様な安心感って何……⁉）

そりゃ確かに、ガルはものすごく強いし、ずっと私を守って戦ってきた。

……他人から見ても、ガルは私を余裕で守れるように見えるのかな。

まぁ、同行しちゃだめって言われるよりいいけど。

ナディお姉さんとエリー以外の冒険者が全員出ていったあと、ガルが何かに気が付いたように喉を鳴らした。

「ここにいる冒険者は、ほとんどがFランクか」

ガルは、みんなとすれ違う一瞬で証を確認したらしい。十五人くらいいたような気がするけど……全員確かめたってことだよね？　そんなこともできるんだね。

ガルの呟きを聞いたギナウさんは、がっくりと肩を落とした。

「そうなんよ……強い人は、みーんな隣の街リュンベルに行ってもうたんや。残ったんは、街を移動できない新人たち、というわけやな」

「ふむ。であれば、我が高ランクの依頼を消化するほかあるまいな」

「助かるで、ホンマ……」

ギナウさんの愚痴に、ガルが頼もしく頷く。

ところで、何気に初めて聞いたけど、リージアから人が流れていったのは、リュンベルという街らしい。いつか行ってみたいな。

ガルに深く頭を下げたギナウさんは、ふらふらと奥に向かっていった。

そして、近くにいた別の職員さんを掴まえて、持っていた書類を押しつける。

「完徹(かんてつ)三日はキッツい……よし、ワイは寝る。あとは任したで」

「うーっす」

「お休みー」

職員さんたちは慣れているのか、軽く返事をしただけで業務に戻った。

……ギナウさん、三日も徹夜してたんだ。寝ようよ。

冒険者ギルドの、ブラックな部分を見てしまったかもしれない。大変なんだなぁ。

そんなことを思っていると、ナディお姉さんが私たちのもとにトボトボと戻ってくる。

「Fランクって、魔物の討伐(とうばつ)はほとんど受けられないのね……残念だわ」

「いや、結構ありますけど……？」

「小鬼(ゴブリン)に湿跳蛙(スプリング)、屍狼頭(コボルト)なんて、どれも小物じゃないの。他は獣(けもの)退治ばかり」

早速(さっそく)強い魔物と戦うつもりだったらしいナディお姉さんが、依頼が書かれた紙を大量に持って俯(うつむ)いた。

まさか、アレ全部受けるつもりなのかな？

エリーはナディお姉さんが持っている紙を数えながら、その量に驚いている。

依頼を受けるには、ボードに貼ってあった紙を職員さんに見せて、サインをしてもらえばいいらしいんだけど……ナディお姉さんが受けるつもりの依頼の数は、まさかの二十件。

「……一度にこんなに受けて、本当に大丈夫ですか？」

対応してくれた女性の職員さんも、初依頼なのにとんでもない数を受けようとしているナディお姉さんが心配みたい。

当のナディお姉さんは、なぜか自信に満ちあふれてるけど。

「平気よ。ガルも一緒に来るんでしょう？」

「うむ。我が受ける依頼は別だが、なるべくともにいようとは思っておる。お主も目が離せん」

「？　どういう意味？」

ナディお姉さんはガルの言葉に首を傾げる。……そのままの意味だと思うけどなぁ。

幼くて、特殊な力を持つ私と同じように、強い力を持っているけど、無鉄砲なところがあるナディお姉さんからも目を離しちゃいけない……って、ガルは思ってるらしい。

なんていうか、姉妹そろって心配かけてごめんなさい。

「ふむ……ナディが森に向かうのならば、我はこれを受けるべきだな」

ガルもナディお姉さんが受ける依頼を見て、ボードから紙を一枚剥がした。

その紙、赤文字で注意書きされてる部分が多いんだけど。それだけ危険な依頼なのかな？

ガルがその紙を受付に持っていくと、職員さんはパアッと顔を輝かせる。

「わ、岩騎馬（ロックナイト）の討伐（とうばつ）ですか!?　ありがとうございます！　ほんとに困ってたんですよ！」

「推奨ランクはB……肩慣らしにはちょうどよいだろう」

ガルならもっと強い魔物でも平気なんだろうけど、ナディお姉さんが受けた依頼と同じ場所が指定されているものを選んだらしい。

職員さんの心から嬉しそうな反応を見た感じだと、厄介（やっかい）な魔物みたいだけど。

まぁともかく、受ける依頼が決まったので、私たちは早速（さっそく）現場へ行くために、ギルドを出た。

その瞬間クルスが私の肩から飛び下りて、ぐっと体を伸ばす。

「ずっと黙ってるのも楽じゃないなぁ。どこに向かうの？」

「森よ。魔物が多いみたいね」

ナディお姉さんは、リージアからほど近い森の依頼を多く受けてきたっぽい。

ギルドから少し歩くと、すぐにその森に到着した。

……のはいいんだけど、ナディお姉さんはなぜか首を傾げている。

「うーん……いちいち探すのは面倒ね」

「楽をして冒険者はできぬぞ」

「それはわかっているけれど、面倒なものは面倒なのよ」

ガルが喉を鳴らして窘めるけど、ナディお姉さんは頬を膨らませた。

……どうやら、ナディお姉さんは魔物を探すのが面倒になったみたい。

目の前に広がる森は、人の手がほとんど入っていないのか、草木が生い茂っている。

一応道みたいなものはあるけど、この中で魔物を探すのは、確かに面倒臭そう。

すると、ナディお姉さんは私のほうを見た。

「フィーちゃん、魔物を探せないかしら？　種類はなんでもいいわ」

「……わかった。さがすね」

ガルは楽はよくないって言ってたけど、闇雲に探し回って迷ったり、魔物に奇襲されたりしたら困るよね。ということで、ガルに抱きかかえてもらって、魔力反応を探しながら辺りを見回す。

（人、人、鳥、小動物、人……結構冒険者もいるなぁ）

私たちと同じように、森に入っている人たちの魔力反応が結構多い。

ほとんど視たことある反応だから、さっきリージアのギルドにいた人たちみたいだね。

（あ、魔物……けど、もう戦ってる人がいる。あっちは……魔物じゃないか）

思ったよりも、魔物の反応が視えない。

ナディお姉さんはたくさん依頼を受けていたけど、全部が全部、緊急のものじゃなかったらしい。

もしくは時間が経っちゃったから、魔物が移動してしまったのかな。

（ん？　あれは……大きい反応がひとつと、小さいのがいち、に、さん……たくさん）

しばらくキョロキョロしていたら、遠くに茶色と赤の強そうな反応をみつけた。他に何匹かいるっぽいんだけど、強い反応のせいか、周りの魔力反応が歪（ゆが）んでいてはっきりしない。

「あっちにいる。つよそう」

「では、我が求める相手やもしれぬな」

「私の相手はいないのね……残念。途中で屍狼頭（コボルト）とか出てこないかしら」

私が指さすと、ガルはその方向に歩いていく。

ナディお姉さんは肩を落として、ガルのあとをついてくる。

私たちが森の奥に進むほど、背の高い草が増えていく。私はガルに抱えられているから問題ないけど、歩きにくそう。魔法で草刈りとかできないかな。

（〈風よ、千の刃（は）となれ――風塵（ふうじん）〉）

ふと思いついて、みんなの足元の草に向かって魔法を使う。

選んだのは、細かい風の刃が無数に飛んで傷をつけるっていう、かまいたちみたいな魔法。

私の狙い通り、風の刃は草だけをきれいに刈っていく。

木を倒すほどの威力はないから、森林破壊はしなくて済んだ。

クルスは私が魔法を使ったことに気付いて、驚きの声を漏らす。

「へぇ、やるねフィリス」

「風魔法で草刈り……やっぱり、フィーちゃんって天才なんじゃないかしら。魔法選択もばっちりよ」

「天才ですね……」

ナディお姉さんとエリーは、もう何度も聞いたやり取りをしてる。

……そろそろ、私が転生者だという秘密を打ち明けるべきかなあ。

なんて悩んでいたら、近くに魔物の反応が現れた。

「あ、まもの」

「フィーちゃんの魔法に誘われたのかしら？」

ナディお姉さんは、魔物のいるほうを見据えた。

ちょっとだけ見晴らしがよくなったおかげで、近寄ってくる魔物の姿がよく見える。

まぁ見えなくても、一度視た反応なら相手がなんなのかわかるけどね。

出てきたのは、ぴょんぴょんと跳ね回る、巨大なカエルが三匹。

それを見たエリーが、うんざりした感じで呟く。

「ス、湿跳蛙（スプリング）……またですか」

「アレも依頼にいたわね。狩りましょう」

「……はい」

今回は、ナディお姉さんとエリーは一緒に依頼を受けているらしい。

どちらが倒しても、二人の評価になるんだとか。

（エリー、頑張って……ん？）

思いっきり嫌そうな顔をしながら、それでも果敢（かかん）にカエルに向かっていくエリーを応援していると、不意に背中がぞわっとするような感覚に襲われた。

慌（あわ）てて後ろを見ると、遠くにあったはずの魔物の反応がどんどん近づいてきているのが視えて焦（あせ）る。

「！　ガル、まものがきた！」

「何？　うーむ、これはまた面倒な……」

「うっわ」

ガルとクルスが、嫌そうな声をあげる。

バキバキと木々をなぎ倒しながら迫ってくるのは、魔物の大群。

群れを形成しているのは、屍狼頭（コボルト）や湿跳蛙（スプリング）……あとは、実物は初めて見た小鬼（ゴブリン）。

小鬼（ゴブリン）は、緑色の肌と醜悪（しゅうあく）な顔を持った、女性の敵。

嫌な魔力反応と、ガルに教え込まれた知識のせいで、私が嫌いな魔物ナンバーワン。

（そして、それを束（たば）ねているのは……）

群れの後方からやってくる、明らかに他の魔物よりも強い反応。

茶色と赤の魔力反応と、貫（つらぬ）かれるような殺気。

以前戦った戦群狼（バトルウルフ）のボスよりも、感じる恐怖は上かもしれない。

「……クルス、盾を作れ。岩騎馬（ロックナイト）をここで迎え撃つぞ」

「任せてよ」

真剣な声になったガルに、クルスが頷く。

私を下ろして刀に手をかけたガルの魔力反応が、殺気に対抗するように大きく膨らむ。

向かってきている強大な魔力反応は、ガルが探していた岩騎馬（ロックナイト）らしい。

「〈錬成——作成（クリエイト）〉。ここを砦（とりで）にしてやる！」

クルスが地面に魔力を流して地形を変えていく。

私たちの周囲の木々が滑るように移動して、鬱蒼(うっそう)としていた森が広場みたいになった。

等間隔に並んだ木がバリケードのようになり、近寄ってくる魔物たちの侵入を阻(はば)む。

さらに、地面が盛り上がって、ところどころ隙間があいた壁のようになった。

「あとで戻すのだぞ」

「それはわかってる」

呆(あき)れたように息を吐くガルに、クルスが頷く。

けど、これはちょっとやりすぎじゃないかな。

カエルを倒して戻ってきたナディお姉さんたちも、クルスが地形を変えた範囲に入っていたらしい。

「反則じゃないの、これ……！」

「うわわわわ!?」

ナディお姉さんは呆然とし、エリーが驚いて腰を抜かしている。

「よーし完成！　突貫(とっかん)にしてはいい出来栄(できば)え！」

あっという間に砦(とりで)を完成させたクルスが、どや顔で胸を張る。

……その瞬間、ドカーン！　という大きな音が辺(あた)りに響き渡った。強い力で、たくさんの木がなぎ倒されたらしい。

ガルはいまだに呆けているナディお姉さんを見る。

「魔物が来るぞ。構えよ、ナディ」

「はっ⁉　え、ええ！」

慌ててナディお姉さんが態勢を整えたとたん、壁の隙間から魔物がわらわらとなだれ込んできた。

なるほど、あの隙間は、魔物が入ってくる場所を限定するためのものだったんだね。

……一か所から魔物があふれてくる光景は、前世で見たホラー映画みたいで怖いけど。

ナディお姉さんはもう落ち着いた様子で、エリーに指示を出す。

「エリー、魔石を回収することに集中して！　魔物は私が相手するわ！」

「は、はい！」

「〈断ち切れ――水刃〉！　〈牙となれ――水牙〉！」

エリーが頷いたのを見たあと、ナディお姉さんは細剣を振るいながら魔法を連発する。

特に、小鬼は優先して狙っている……というか、小鬼がナディお姉さんを執拗に狙うから、一番先に魔法の餌食になっているみたい。

小鬼は他種族のメスを好むらしいから、美人のナディお姉さんに引きつけられているみたいだけど、自殺行為だね。

ガルはナディお姉さんに加勢しないで、じっと見守っている。すると、クルスが静かに呟いた。

「壁、壊されるよ」

「え？」

私は驚いたけど、ガルはその言葉を予想していたのか黙ったまま頷く。

「岩騎馬(ロックナイト)は土の魔物だ。こんな壁くらい、簡単に突破(とっぱ)してくるさ」

クルスがそう言った瞬間、ガルのすぐそばの壁が弾(はじ)けるようにして壊れた。

もうもうと土煙が立ち込める中、異形(いぎょう)の魔物が、ゆっくりと進んでくる。

岩でできた騎馬に土の人形が乗ったようなその姿は、およそ生物には見えない。

「ほらね。あとは頼んだよ！　ガル」

「任せよ」

クルスに頷いたガルが魔力を膨らませると、対抗するように岩騎馬(ロックナイト)が構えをとる。

「ギ、ガ、ガ、ガ」

固いものがこすれるような音が鳴って……なんと岩騎馬(ロックナイト)の腕から土の盾と槍(やり)が生(は)えてきた。魔物なのに、本物の騎士みたい。

睨み合うガルと岩騎馬。盾を持った相手だから、迂闊に手を出せないのかな？

「小細工で、我に対抗できると思うな」

「ギ、ガ……ガ」

「灰となれ、土の騎士よ」

……いや、手を出せないなんてことはなかったらしい。

ガルが刀を振ると、岩騎馬は盾ごと真っ二つになった。ガルの刀は岩でも簡単に斬り裂いてしまうみたい。

「〈逆巻け――水禍〉！」

「「ギャァァァァァ!?」」

ほぼ同時に、ナディお姉さんの戦いも終わった。何十体といた魔物は、一匹残らず魔石に姿を変えている。最初からわかっていたことだけど、二人とも強いなぁ。

私がぼーっとしているうちに、全部終わってた。

「フィリス、もういいかな？」

クルスに足をつつかれて、私は慌てて辺りの魔力反応を探る。今の戦闘で周囲の獣もみんな逃げたのか、全く反応がない。魔物は、ナディお姉さんが倒したのが全部だったみたい。

「うん。まものはいないよ」

「なら、ここを元に戻そう」

私が魔物がいなくなったことを伝えると、クルスがまた地面に魔力を流した。

「〈錬成――復旧（レスト）〉」

クルスの詠唱（えいしょう）に合わせて、変形していた地面が逆再生したように戻っていく。

倒れた木はそのままだけど、ほんの数秒で元の景色になった。

「聖獣の力は、何度見てもすごいわね」

「夢を見ていたみたいです……あ、痛い」

ナディお姉さんが、感心しているのか呆（あき）れているのか、深いため息をついた。

その横では、エリーがぎゅっと自分の頬を引っ張って涙目になってる。

……夢だと思いたい気持ちもわかるけど、今起こったことは現実なんだよね。

目に映らないガルの風と違って、クルスの能力は普通に見えるから、より規格外に思えるのかも。

ガルは岩騎馬（ロックナイト）の魔石を回収すると、空気を変えるように手を叩いた。

「さて、我の依頼は完遂（かんすい）した。ナディはどうだ？」

「え、あ、そうね」

ガルの言葉で復活したナディお姉さんが、エリーが回収した魔石と依頼書を照らし合わせる。

魔石は魔物によって微妙に色や形が違うらしく、何をどれだけ倒したのかはちゃんと確認できるんだとか。

少しして、魔石を確認し終えたナディお姉さんが、悔（くや）しそうに頭をかいた。

「うーん……屍狼頭（コボルト）の魔石が一個足りないわね。他は達成よ」

「ふむ。その程度ならば、帰りに集められるだろう」

「そうね。帰りましょうか」

ちょっとだけ足りなかったとはいえ、二十件の依頼を一回の戦闘でほぼ達成してしまったナディお姉さんは、多分すごい。

……その後、私たちはなんとか屍狼頭（コボルト）を見つけて、無事に依頼を達成した。

一匹だけ魔物を探すほうが大変だったよ。

ギルドに戻ると、職員さんが笑顔で迎えてくれた。

「今日はおしまいですか？　まぁ、数が数ですからね。あまり無理は……」

「いえ、全部達成したわよ？」

「……はい？」

ナディお姉さんに魔石が入った袋を目の前に差し出された職員さんは、石のように固まってしまった。まさか短時間で二十件も達成できるとは思っていなかったらしい。

職員さんが微動だにしないのでどうしようかと思っていたら、それをそばで見ていた別の職員さんが来て、代わりに魔石を確認していく。

「確かに全部ありますね……間違いありません」

「でしょう？」

得意げなナディお姉さんに、職員さんは頷く。

「はい、全て依頼達成です。おめでとうございます」

職員さんがナディお姉さんとエリーの証（タグ）に、ハンマーと短い棒で小さな印（しるし）のようなものを二つ打ち込んだ。

それを不思議そうに見ているエリーに、職員さんが説明する。

その印（しるし）は十件の依頼を達成するともらえるものだそうで、五つ貯めるとランクが上がる仕組みなんだとか。

つまり、ナディお姉さんたちがEランクになるには、合計五十件の依頼を達成すればいいらしい。

それならすぐにランクアップできそうだね。

まぁ、ランクが上がるごとに、次のランクへいくのに必要な件数も増えていくそうだけど。

職員さんは何やら手続きを始めたけど、すぐに申し訳なさそうな顔でナディお姉さんを見る。

「報酬（ほうしゅう）の計算に時間がかかりますね。明日以降のお渡しでも？」

「構わないわよ」

「ありがとうございます」

了承したナディお姉さんに職員さんは頭を下げた。

他の冒険者の報酬（ほうしゅう）も計算しなくちゃいけないんだろうし、時間がかかるのは仕方ないか。

「我の査定も頼む」

ナディお姉さんたちに続いて、ガルが魔石を取り出す。

受け取った職員さんは、その魔石を見て目を見開いた。

「こ、これは……岩騎馬（ロックナイト）の魔石⁉　まさか、もう倒したのですか⁉」

「この程度であれば、こんなものだろう」

「すごい……これが、Aランク冒険者か……」

眩しいものでも見るように、職員さんが目を瞬かせる。この人に、ガルが戦っているところを見せたらどうなるんだろう。岩騎馬なんて一瞬で灰になったよ。

しばらく呆けていた職員さんは、気を取り直すように咳払いをした。

「こちらは、報酬があらかじめ用意されていますね。どうぞ」

「うむ。確かに受け取った」

「依頼達成、おめでとうございます」

報酬が入った革袋を受け取ったガルに、職員さんは微笑む。

ガルが受けた依頼は一件だけ。報酬も計算するまでもなく用意してあったらしく、スムーズに受け渡しが済んだ。

ナディお姉さんたちは今日はもう依頼は受けないということだったので、少し早いけど宿に戻ることにした。

明日は何をするんだろう……また討伐？

ナディお姉さんとガルがいれば、この辺りの魔物はいなくなっちゃうんじゃないかな。

(……なんてね)

私は心の中でクスリと笑った。

第五章　因縁を超えて

ナディお姉さんたちの初依頼達成から、数日が経った。

ナディお姉さんとエリーは毎日数件の依頼をこなして、あっという間にEランクに昇格した。

高ランク冒険者のガルやナディお姉さんたちの活躍が、リージアの外の人の耳に届いたのかどうかはわからないけど、街にも人が増え始めている。

そして今日も私たちは朝からギルドに足を運んでいた。

そして依頼を受注するために、職員さんがいるカウンターが空くのを待っていた私たちは、ギルドの様子がいつもと違うことに気が付いた。

「なんだか、奥が騒がしいわね。何かあったのかしら？」

「人もちょっと多いような？」

「ふむ、冒険者がほとんどだが……見慣れぬ顔もあるな」

エリーとガルもいつもと違う様子に気付いて、不思議そうにしてる。

ナディお姉さんたちが話している通り、なんだか人が多くて騒がしい。

（みんな、焦ってる……？）

私の目には、ギルドにいる人たちの感情が……焦りや緊張が視える。

何かあったのかと、ナディお姉さんが職員さんに聞きに行こうと立ち上がったとき、奥から勢いよく人が転がり出てきた。

「うぉぉえらいこっちゃ！　ん？　おお!?　いいところに！」

ワタワタと書類をばらまきながら走ってきたのは、ここ数日ですっかり顔なじみになったギナウさんだった。

私たちに気が付いたギナウさんは、瞬間移動でもするみたいに一瞬で近寄ってくる。ものすごく焦ってるみたい。

「ギナウ、どうした」

「それが大変なんや！　この街の近くにも、小さい魔物溜まりができよった！　今連絡がつく元冒険者なんかに声かけてるけど、圧倒的に人手が足りひん！」

「……何？」

ギナウさんの叫ぶような言葉を聞いて、ガルが低く唸った。

現在、リージアの街に滞在している中で一番ランクが高い冒険者はガル。そのガルに縋（すが）りつくように、ギナウさんが汗を流しながらまくし立てる。

魔物溜まり（ホットスポット）が発生した場所には冒険者が集まるって聞いたけど、同時に近隣でもうひとつ発生したら、そっちは人がいないからピンチに……まさに、今のリージアみたいになってしまうんだね。

ギナウさんは汗を拭（ぬぐ）うと、一度大きなため息をついて、改めて口を開いた。

「昨日帰ってきた冒険者が、この辺（あた）りじゃ見かけへん魔物が出た言うから、気になって調べてみたんや。そしたら見つけてしもた……まだ規模は大きくないし、最初はワイ一人でも余裕で対処できるかと思ったんやけどな」

「予想よりも、魔物が強かったのかしら？」

「その通りやで。ワイだけじゃどうにもならんかった……」

ナディお姉さんの言葉に、ギナウさんが肩を落とす。

ギナウさんでも対処できない魔物となると、相当強い相手だったのかな？　もしくは、数が多かったとか。

「おっさんには一番に連絡せなあかんかったんやけど、いろいろやってるうちに今になってもうたんや」

「そうであったか」

うなだれるギナウさんを、ガルは労るように見つめる。

……ギルドも人が足りていないようで、職員さんがあちこち走り回っている。

「改めてお願いや！　魔物溜まり鎮圧に、手ぇ貸してくれ！」

「無論。この街のために全力を尽くそう」

土下座しそうな勢いで頭を下げたギナウさんに、ガルが頼もしく頷く。

話を聞いていた周囲の冒険者も、魔力を揺らしてやる気をみなぎらせていた。

そんな冒険者たちを見たギナウさんをはじめギルドの職員さんが、一斉に声をあげる。

「よっしゃ、緊急依頼や！　現役も元も関係ない！　とにかく戦えるモンに片っ端から連絡せぇ！　そうでもせんと間に合わんで！」

「食料、ポーションはギルドで配布します！」

「武器に不安のある方は、ギルドの支給武器を使ってください！　壊しても構いません！」

バタバタしながらも、的確に素早く指示を出していく職員さんたち。

でも……この街にいる冒険者は、大半がFランクの新人さん。ナディお姉さんみたいに、最初から強くて肝が据わっている人は珍しい。

緊急事態にどうしていいかわからず、うろうろする人たちもいる。

そんな人たちを見かねて、ガルがため息をついて私を下ろした。

「仕方あるまい……クルス、フィリスを頼む」

「ほーい」

ナディお姉さんたちも、職員さんに話を聞きに行っていて、そばにはいない。

そこで、ガルは私の肩でくつろいでいたクルスに私を任せることにしたらしい。

……戦えないとは言っていても、クルスは聖獣。何かあったら守ってくれるはず。

ガルはゆったりとした足取りで、冒険者たちのもとへ向かった。

「慌(あわ)てるな」

「うおっ！　Aランクの！」

その後もガルは、困っていそうな冒険者たち一人一人にアドバイスをしていく。

なんだか、ガルの後ろ姿がかっこいい。背中で語る武人って感じで、思わず見惚(みと)れてしまう。

するとこっそりと、私にしか聞こえないような声でクルスが呟く。

「僕も、何かしないとなぁ」

「クルス？」

「この街の危機に、流石(さすが)に僕だけ寝てるなんてできないよ」

クルスの魔力が、ゆらりと一瞬だけ大きく揺れた。

「魔剣……は出所を聞かれると困るから、うん。アレを作ろうかな」

ぶつぶつと、考えていることを口にしながら、クルスが唸る。

クルスが作ることができる、超高級品で規格外の性能を持つ魔剣は、ホイホイと用意していいようなものじゃない。

まぁ、街が壊滅するような事態だったら、そんなことも言っていられないんだろうけど……幸い、まだギリギリ対処できるみたいだし。

（ところで、『アレ』ってなんだろう）

今、クルスが口にした不穏な単語。

初めて私たちに魔剣を見せたときのように、クルスの魔力がいたずらっぽく揺れている。

変なものを作ったりしないといいんだけど。

……なんて思っていると、ナディお姉さんとエリーが深刻そうな表情を浮かべて戻ってきた。

「うーん、私の剣って、儀礼用の細剣なのよね……支給の武器、借りるべきかしら？」

「そんなことを言ったら、私のナイフは元々調理用です。なんで、これで魔物と戦ってるんですかね……」

「なんでかしらね……」

どうやら、武器のことで悩んでいたらしい。

……というか、二人ともちゃんとした武器使ってなかったの？

ナディお姉さんの剣は実用じゃないし、エリーに至っては包丁だし。よくそれで、今まで戦えてたなぁ。

すると、クルスがぐいっと首を伸ばした。

「あ、ちょうどいいところに。ナディ、エリー、ちょっと手を見せて」

「手？　こう？」

「そうそう、そのまま待っててね……」

クルスのお願いに、ナディお姉さんたちが不思議そうな顔をしながら手を開く。

じーっと二人の手を見ていたクルスは、しばらくすると大きく頷いた。

「うん、もういいよ。ありがとう」

「？　なんだったんですか？」

エリーが不思議そうに自分の手とクルスを交互に見た。クルスは含みのある笑顔を見せる。

「それは、あとでのお楽しみ～。あ、武器は借りてこなくてもいいよ」

（……まさか、クルスが作るの？）

なんて思っていると、クルスは周りを気にするような素振りを見せて、私の服を引っ張った。

「いったん外に行こう。ここじゃ喋りにくい」

「ガルは？」

「大丈夫さ。ガルは僕の魔力を探せるから、あとで合流するでしょ」

私の問いに、クルスは小声で答える。

何も言わずに離れても、ガルが私たちを見失わないのなら、外に出ても大丈夫かな。

私が首を縦に振ると、クルスは私たちを促す。

「じゃあ行こう。人目につかないところがいいな」

……クルスの目的はわからないけど、悪いことは考えてなさそう。

私たちはギルドを出て、人気のないところを探す。あちこち歩き回って見つけたのは、周囲が高い壁で囲まれた空き地。元々は家が建っていたのか、基礎の跡が残ってる。

そこを見て、クルスは満足げな顔をする。

「ここなら大丈夫そうだね」

「ねぇ、こんなところに連れてきて、何をするつもりなの？」

ナディお姉さんが首を傾げる。クルスは私から飛び下りると、ちょこんと地面に座った。

「それはね……」

すると、クルスの体から魔力があふれ出した。

キラキラと輝く聖獣の魔力が、薄暗い空き地を明るく照らす。

「君たちの武器を作るのさ！　あ、魔剣じゃないよ」

ナディお姉さんはびっくりしたのか、周囲に響かない程度の大きな声を出す。

「武器!?　もしかして、さっき手を見たのは……」

「君たちの手に合わせた柄がいるだろ？」

クルスはにやりと笑った。

……まさかとは思っていたけど、本当に武器を作るつもりなんだ。

「こ、ここでやる必要はなかったんじゃ……？　ちょっと怖いです」

人の気配がまるでしない、廃墟のような空間にエリーが怯える。

クルスはカリカリと後頭部をかいて、若干申し訳なさそうに頭を下げた。

「いやぁ。こんなの、誰かに見られたらいろいろマズいからね」

「それはそうね。確実に面倒なことになるわ」

若干呆（あき）れながらナディお姉さんが同意すると、クルスはため息をついてエリーを見る。

「そう。だから仕方ないんだよ。ちょっとだけ我慢してくれ」

「うぅ……わかりましたぁ」

私もそうだけど、珍しい能力を明かしてしまうと、それを狙う人たちが絶対に現れる。

いくら強いナディお姉さんがいても、守る力には限界がある。

だから、狙われないに越したことはない。

「ふぅ……さてと、準備完了！　……〈錬成――製錬（メルト）〉」

やがて、地面に流れていたクルスの魔力が、より輝きを強くした。

クルスが詠唱（えいしょう）すると、地面から黒い粉のようなものがどんどん出てくる。

その舞い上がった粉の一部が、私の手についた。

（これ、砂鉄……？）

前世で何度か見たことがある磁石（じしゃく）にくっつく粉が、大量に空を舞う。

……かと思ったら、ひとつの巨大な砂鉄ボールになって、キラキラした粉が落ちる。

しばらくすると、砂鉄は黒いボールと、金属の輝きを持つ粉に完全に分離した。

「〈錬成――作成（クリエイト）〉」

もう黒いボールに用はないとばかりに、クルスはそれを雑に放り投げる。地面に叩きつけられたボールは、黒い灰のような物質になって、風に溶けていった。

そして、残った金属の粉に、クルスはまた魔力を込める。

すると徐々に、金属の粉が姿を変えていく。

「剣ができていく……きれいね」

「はい……」

目の前で行われる聖獣の業に、ナディお姉さんたちが見惚れている。

その形は、ナディお姉さんが使っている細剣とよく似ている。

「仕上げだ。〈錬成――保護〉」

クルスが大きく息を吐くと同時に、空中に浮かんでいた細剣が強い光を放った。

出来上がったのは、柄や鍔がない、剣身だけのきれいな剣。

(ガルの武器と似てる……？)

刀と細剣では、もちろん形は全然違う。だけど、うっすらと魔力をまとっている感じが、とてもよく似ていた。

「はい、ナディの剣。柄と鞘はあとで作るから」

「いいのかしら……こんないい剣をもらってしまって。相当な業物でしょう？」

「気にしなくていいよ。僕にとってはただの剣だ」

クルスはあっさりと答えた。

恐る恐る、といった様子で、ナディお姉さんがゆっくりと剣を持つ。掴むところがないから、指で挟む感じだけど。

そして、鏡のようにきらめく細剣を、大事そうに眺めている。

クルスにとってはただの剣でも、ナディお姉さんにとっては宝みたいなものらしい。

「次はエリーの武器だね」

そう言ったクルスは、もう一度同じ手順でエリーの武器を作り出す。

今度は、ちょっと長めのナイフ……いや、短剣？

ナディお姉さんの剣より小さかったからか、半分くらいの時間で完成した。

そのとき、私の視界にガルの魔力反応が映った。

（ん？　ガルの魔力？）

「お、来た来た」

クルスも気が付いたらしく、その方向を見る。

……建物の上を移動しているのか、反応が上下に大きくブレている。

「ここにおったか。捜したぞ」

すぐに、ガルが上から降ってきた。

何事もなかったようにスタッと着地して、私の頭をゆっくりと撫でる。

クルスが言っていた通り、ガルは普通に私たちを見つけてくれた。

すると、クルスがのんびりと口を開く。

「ガルー、なんか革（かわ）の素材とか持ってない？　なるべく丈夫なやつ」

「持ってはおるが……あぁ、そういうことか」

「そういうこと」

クルスのお願いにガルは一瞬変な顔をしたけど、ナディお姉さんたちが持っている剣身を見て察したらしい。ため息をつきながら、荷物から何かの革（かわ）を取り出した。

荷物は全部宿に置いてきていると思ってたけど、ガルは素材が入ったバッグを持っていたみたい。

「これでよいか？」

「十分！　あ、あと白霊樹（ドライアド）の枝も」

「ぶっ⁉」

クルスの要求を聞いていたナディお姉さんとエリーが、そろって噴（ふ）き出した。

「ゲホ、白霊樹（ドライアド）ですって……⁉」

「でで、伝説の樹ですよ⁉」

そして、さも当然のようにガルが荷物から取り出した真っ白な枝を見て、ナディお姉さんたちの顔がすごいことに……驚きすぎたのか、青いを通り越して白くなっている。

……私は白霊樹(ドライアド)っていうものがなんなのかは知らなかったけど、どうやらさらっと出していいものじゃなかったらしい。

ナディお姉さんとエリーの動揺なんて気にした様子もなく、クルスは鼻歌交(ま)じりに鞘(さや)を作っていった。超レアな木材を遠慮なく加工して、革(かわ)で包む。

あっという間に、白い鞘(さや)と柄(つか)の、美しい武器が二つ完成した。

「できたよ」

「「……」」

「せっかく作ったんだから、受け取ってよ」

ぽかんとしたまま固まるナディお姉さんたちの手に、クルスに目配せされたガルが剣を握らせた。

クルスは満足したのか、大きなあくびをひとつして、私の肩に飛び乗る。

「……絶対壊さないようにしましょう」

「そうですね……」

ナディお姉さんとエリーが、武器を大事そうに抱えて頷いた。

すると、二人の会話を聞いていたガルが、顎(あご)に手を当てて喉(のど)を鳴らした。

「クルス、お主(ぬし)……武器に不壊(デュランダル)をつけおったな」

「そ、ガルのカタナと一緒。フィリスの腕輪(アミュレット)にもつけてる」

平然と答えるクルスに、ガルは大きなため息をついた。

「まぁ……見抜ける者は、そうおらんだろうが……ちとやりすぎだ」

デュラン……ダル？　なんだか聞き慣れない単語が出てきた。

ナディお姉さんたちもわからなかったのか、そろって首を傾げる。

そんな私たちを見たクルスが、「あぁ」と頷いて説明をしてくれた。

「簡単に言えば、僕が作ったものは、どうやっても壊れないってことさ」

「劣化(れっか)もせんな。何百年と使ってもこの通りだ」

「「な……」」

二人が放った衝撃的な一言(ひとこと)に、再びナディお姉さんとエリーが固まった。

ガルが刀を抜いて、冷たい輝きを放つ刃(やいば)を見せてくれる。

（特殊な加工って、これのことだったんだ……）

ガルが以前教えてくれた、長い間使っていても武器が壊れない理由。その加工は、クルスがやっていた不壊(デュランダル)というものだったらしい。

私の腕輪（アミュレット）も壊れない……というか劣化（れっか）しないというのは初めて聞いたけど。

ナディお姉さんはどこか遠い目をしながら、乾いた笑いを漏らす。

「これが、聖獣と旅をするということなのね……」

「お腹痛くなってきました……」

「安心して。私もよ……」

同じく遠い目をしているエリーに、ナディお姉さんは大きく頷いた。

……このあと魔物と戦うというのに、ナディお姉さんたちが体調を崩してしまった。

私はもう慣れたのか、前世の記憶があるぶんいまいちピンときていないだけなのか……特に不調はない。

ナディお姉さんたちの体調不良の原因を作ったクルスは、それを気にした様子もなく、呑気（のんき）にあくびをしてからガルに尋ねる。

「ところでガル、魔物の話はどうなったの？」

「冒険者総出で魔物溜まり（ホットスポット）を叩くそうだ。そろそろ合流せねばな」

「なら行かないとね」

クルスに武器を作ってもらっているうちに、冒険者たちの間では作戦が決まっていたみたい。

でも、とにかく、ナディお姉さんたちを復活させないと、他の冒険者と合流できない。

「ねぇさま、エリー。がんばって！」

そこで、私が軽く応援してみたら、それだけでナディお姉さんが笑顔になった。

「……魔物に試(ため)し斬(ぎ)りの相手になってもらいましょうか」

幼女(フィリス)の応援、恐るべし。まるで、ナディお姉さんたちの不調を吹き飛ばす魔法みたい。

「ちゃんと戦わないと、この短剣に失礼な気がしますね。私も頑張ります」

エリーは一度大きく息を吐いて、クルス製の短剣を強く握った。

「やる気が出たのであれば何よりだ。では行くとしよう」

ナディお姉さんたちが無事復活したので、私たちはガルの案内で、冒険者が集まっているという門の前に行くことに。そこは、私たちが街に入った場所らしい。

私は今回も、ガルに抱えられての参加になる。魔物に一番近づくことになるけど、一番安全なのもガルのそばだからね。

気絶しないように頑張ろう。

集合場所だというところに着くと、そこにはすでに多くの人が集まっていた。

見たことがある人も、そうじゃない人も、街の兵士さんみたいな人も交(ま)じってるね。

これが全員、魔物溜まり（ホットスポット）鎮圧のために集まったのかと驚いていると、後ろから聞き覚えのある声が聞こえてきた。

「あー！　お客さん！」

「え？」

（マルンちゃん!?）

そこにいたのは、私たちが宿泊している宿の娘さんのマルンちゃんだった。

いつもの服装とは違って、丈夫そうな防具を身につけている。

そして何よりも目を引くのが、マルンちゃんの身長ほどもある巨大なハンマー。

さらに、首には「C」の文字が彫（ほ）られた銅の証（タグ）をつけている。

「あなたも、冒険者だったのね。しかもCランク……」

「そーです！　わたしは強いんですっ！」

驚いたように呟いたナディお姉さん。

マルンちゃんはどや顔でえっへん！　と胸を張る。

……そういえば、獣人（ビースター）って普通の人よりも力が強いんだよね。なら、あの大きなハンマーも振り回せるのも納得。

魔力反応が小さいからって、戦えないと思ってたことは反省。冒険者は見た目や魔力じゃない。

「マルン、ヘレナから勝手に離れんなよ？　ドジなんだから。すっ転んでも知らねぇぞ」

「また、顔にけがしちゃうわよ？」

「ししし、しないし⁉　わたしはドジじゃないし！」

マルンちゃんに続いて、ダインさんとヘレナさんも合流した。二人とも冒険者……じゃないね。証をつけていないから、元冒険者かな？

ダインさんは、金属の鎧を身につけて大きな盾を持っていて、いかにも強そう。

ヘレナさんは魔法使いなのか、ローブを身につけていて、長い杖を持っている。

私たちが談笑していると、そこにギナウさんがやってきた。

ギナウさんはダインさんを見つけると、ニカッと笑う。

「お、来たなダイン。腕は鈍っとらんか？」

「さぁな。お前こそどうなんだ？　ギナウ」

「どうやろな？」

ダインさんは、ギナウさんが紹介してくれた宿の主人。もしやとは思っていたけど、二人は知り合いだったらしい。

聞けば、ギナウさんとダインさんは、昔一緒に冒険者をやっていた仲なんだとか。ギナウさんはライバルって言ってたけど。

(ん?　ということは、ダインさんも元Aランク?　すご……)

二人は元だけど、ここにはガルも含めて三人のAランク冒険者がいることになる。

リージアって、実はすごい街なんじゃない?

私がびっくりしていると、ギナウさんが口を開いた。

「もうすぐ出発するで。目的地はここ、ワイが魔物溜まりを見つけた場所や」

ギナウさんが地図を広げて、ガルとダインさんがそれを覗き込む。

「湖が近いな。湿地であれば、水棲系の魔物もおるか……」

ガルは地形や生息する魔物の種類などを考えて、冷静に分析している。

「湿地は足をとられるんだよなぁ。面倒くせぇ」

「ワイらが先頭やで?　低ランクに任せるわけにいかんやろ」

地面が柔らかい湿地では、多分踏ん張りが利かない。盾を持っているダインさんは不利になるから、本気で面倒そうに頭をかいた。それを見たギナウさんは肩を竦める。

「かーっ!　楽はできねぇか!」

ダインさんは額に手を当てて、天を仰いだ。

するとそこに、ギルドの職員さんがやってくる。

「ギナウ、予定してた人数が集まったぞ」

職員さんの中で、冒険者に同行するのはギナウさんだけみたいだね。

「そか。よっしゃ！　出発や！」

「「「おぉぉぉー‼」」」

「おー！」

ギナウさんの号令で、冒険者たちが一斉に声をあげる。

なんとなく、私も一緒に声を出してみた。一体感があっていいね。

集まった人の数は、だいたい五十人。

移動するときの先頭は、場所を知っているギナウさん。そして、私とクルスを抱えたガルと、元ギナウさんの仲間のダインさんが続く。ナディお姉さんとエリーは、ヘレナさんやマルンちゃんと一緒にいるみたい。

そしてしばらく歩き続け、湿地に差しかかった辺りで、急に視界に魔物の反応がたくさん映った。

（魔物……！　数が多い！）

私が警告するよりも早く、ガルとギナウさんが魔物に気が付いた。

「来おったな！　いよいよやで！」

「「「うぉぉぉぉ!!」」」

ギナウさんが指示を出して、冒険者たちが魔物の群れに突撃する。

なるほど、何人かでまとまって、一匹の魔物に数人で対処するんだね。確かに、これなら危険度はだいぶ下がる。よく考えてるなぁ。

魔物に向かって走るガルが、こそっと私に耳打ちをする。

「フィリス、念のため魔法を使え。攻撃はせんでもよい」

「わかった」

私とガルの魔力は、私が身につけているリボンの影響で同調する。そのせいで何も考えずに魔法を使うと、ただの〈風鎧（かぜよろい）〉も暴風になってしまう。

ガルの魔力は攻撃型に近いみたいで、私の魔法もかなり変質するんだよね。

だから、誰かを傷つけないようにしっかりと「身を守る」ことだけを考えて魔法を使う。

「じゃ、僕はガルの肩を借りるよ」

クルスが離れたのを確認して、私は魔法を発動した。

(防御に集中……〈風鎧（かぜよろい）〉!)

ふわりと、風の膜が私を包む。

私が一番最初に覚えた魔法。石でも矢でも弾（はじ）いてしまう、私の盾。

ガルは魔法の発動を確認して、速度を上げた。

凄まじい速度で駆けながら、すれ違う魔物を一刀両断する。

「つよい……！」

「今回は、手を抜いてはおれんからな」

他の冒険者の、何倍もの速さで魔物を屠っていくガル。

変身に魔力を使っていないぶん、全力で戦えるらしい。

「しかし、大本を叩かねば、永久に魔物が増え続ける。このどこかに、核となっている魔物がいるはずだ」

ガルは高速で魔物を斬りながら呟く。

「どんな、まもの？」

「恐らく、かなり禍々しい魔力を持っておる。魔物溜まりごとに異なる魔物が中心となるゆえ、ここの主がどの魔物かはわからぬが」

ガルの答えを聞いて、私は考える。

魔物溜まりの中心……その魔物を倒せば、あふれた魔物たちはいなくなるのかな？

（なら、私の出番だ）

ガルも、ギナウさんも、ダインさんも……魔物と戦いながら大本を捜すのは難しいはず。

それに、ここにいる誰よりも、私が一番魔力を視極められる。

私は、魔力を視ることに意識を集中する。

(魔物の数が多くて、頭が痛い……けど)

このくらいなら我慢できる。

捜すのは、ガルが言っていた禍々しい魔力。

けど、それらしい反応は視当たらない。この近くにはいないのかな？

「おっさん！　後方の支援頼むで！　ちぃっと押され気味や！」

すると、ギナウさんの悲鳴のような声が聞こえてくる。

「了解だ」

ガルがそれを聞くと、すぐに頷いて進む方向を変えた。

振り向くと、私たちの後ろにいたFランクの冒険者たちが、魔物に囲まれて混乱している。

近くにいたナディお姉さんとマルンちゃんが頑張ってるけど、いつけが人が出てもおかしくない状況。ガルもそれを見て、小さく喉を鳴らした。

「使うか……〈風太刀――瞬閃〉！」

刀に魔力が集まったと思ったら、ガルはそれを不可視の刃として撃ち出した。

（!?　なに今の！　初めて見た！）

魔力が視える私でも、残像しか視えないほどの超高速の斬撃。

一瞬で魔物の群れに到達した刃（やいば）は、ナディお姉さんたちに迫っていた魔物の数を一撃で半分にした。

ガルが自分の技を、詠唱（えいしょう）つきで見せるのはこれが初めて。それだけ本気ってことかな。

「ガル！　来てくれたのね！」

ナディお姉さんが私たちに気付いて、目を輝かせた。

「うむ。態勢を立て直せ！　押し返すぞ」

「「「おぉぉっ！」」」

ガルの声に合わせて、冒険者たちは鬨（とき）の声をあげる。

ガルが魔物を消し飛ばしたことで、冒険者たちに勢いが戻った。

強そうな魔物はいなくなったし、あっちはもう大丈夫そう。

一方で、エリーはあまり大丈夫そうじゃなく、肩で息をしてる。

私はガルに下ろしてもらって、エリーのもとへ向かう。

「はぁ……はぁ……疲れ、ました……」

「エリー、だいじょうぶ?」

「はい……ありがとう、ございます」

水筒を差し出すと、エリーは弱々しく微笑んだ。相当体力を消耗してるみたい。

「ふむ……クルス、フィリスとエリーを頼む。この辺りは、もう安全だろう」

「ほーい」

ガルはクルスに私とエリーを預けて、立ち上がった。

体の動きを制限していた私とクルスを下ろしたってことは、もっと全力を出すってことなのかもしれない。

あまり時間をかけすぎると、他の冒険者の体力も尽きちゃう。ガルは早く決着をつけるつもりなのかな。

ナディお姉さんも私たちの近くに来た。若干の疲れは見えるけどまだまだ元気そう。

「さっきのは、流石に危なかったわね。クルスの剣じゃなかったら、もう折れてたわ」

「まだ戦えるか？」

「もちろんよ！　さぁ行きましょう！」

ナディお姉さんは頷くと、ガルと一緒に手近な魔物に向かって突撃していった。

「〈撃ち抜け——水弾〉！　〈断ち切れ——水刃〉！」

ナディお姉さんが、魔法で魔物を吹き飛ばす。

実は、あの二種類の魔法を同時に使う技は、ナディお姉さんにしかできない。

私も挑戦してみたことはあるけど、別々の魔力の流れを制御することなんてできなかった。何かコツがあるのかもしれない。

すると、クルスが私の服をちょいちょいと引っ張った。

「フィリス、アレを使うといいよ。君にしか使えない魔法」

アレってなんだっけ？　と言いそうになったけど、すぐに思い至って、自分の腕を見た。

「いま？」

「そう。あの魔法は癒（いや）しの効果もあるみたいだったからね。この状況で使わない手はない」

クルスには、〈妖精の風（フェアリーウィンド）〉の効果がなんとなくわかっているみたい。

でも、あの魔法を人前で使ってもいいのかと悩んでいると、エリーが私の手を握った。

「フィリスさまのお姿は、私が隠します」

「……わかった」

エリーが姿を隠してくれるなら大丈夫かな。

……私の力を必要としている人がいるなら、遠慮なく使おう。

エリーが私の姿を隠してくれたのを確認して、魔法に意識を集中する。

（〈風よ踊れ――妖精の風（フェアリーウィンド）〉）

私が詠唱すると、周囲に柔らかい風が吹き始めた。

「疲れが……消えていく？」

「やっぱりすごいね、この魔法」

風に触れたエリーとクルスが、思わずといったように呟く。同時に、効果範囲にいた人たちが急に元気を取り戻した。

……この魔法の風には、いろいろな効果がある。

触れた人の疲労を軽減する、クルスが言っていた通りの癒しの力。

追い風のように、人のやる気を引き出す鼓舞の力。

乱れた心を落ち着かせる、鎮静の力。

私を攻撃から守る、守護の力。

そして、風属性の魔力を活性化させて、風魔法の威力を底上げする力。

その効果は、風が届く範囲内で発動する。どのくらい広いのかは、私にもわからない。

初めて〈妖精の風〉を使ったときに、私はこれを知った。

（あはは、でたらめだぁ……）

改めて考えても、かなり規格外な魔法だと思う。妖精の魔法ってすごい。

私が〈妖精の風〉を使ってからしばらくして、魔法の効果が切れても、冒険者たちの勢いは全く衰(おとろ)えない。

「よし、このまま全部倒しちゃ……え？」

そのとき、器用にシャドーボクシングをしていたクルスが、不自然に動きを止めた。

「？　クルスさま。どうしたのですか？」

エリーの声も届いていないのか、怯(おび)えた表情でゆっくりと視線を落とす。

「なんだ……この感覚。地面？　下に何かいるのか？」

クルスにつられて、私も視線を下に向ける。

（んなっ⁉）

そうしたら私たちの真下に、巨大な魔力が視えた。

暗くて禍々(まがまが)しい、恐怖を実体化させたかのような反応に、私の足は棒になったみたいに動かなくなる。

私が魔力反応に気が付いた瞬間、それが急に地上に向かって動き出した。

……つまり、真上にいる私たちに向かってきている。

（ヤバい！　動け！　動いて！　動けぇぇ！）

「にげてぇっ‼」

「──‼」

恐怖で竦(すく)む足を気合いで動かした。叫びながら、クルスとエリーに体当たりをするようにして、その場から飛(と)び退(の)いた。

その直後、私たちが立っていた場所が大きく盛り上がって、爆発するように弾(はじ)け飛んだ。

「～～っ!?」

衝撃で思いっきり吹き飛ばされて、自分がどこを向いているのかわからなくなる。

「あぐっ!?　あ……」

そのままなす術(すべ)もなく地面に叩きつけられて、視界が真っ白に染まる。

体が痛いなんて思う間もなく、私の意識はバツン！　と途切れた。


「……ス、フィリス！　しっかりするんだ！」

どのくらい経ったのか、私は誰かが呼ぶ声で目を覚ました。

「う、あ……クル、ス……?」

「！　よかった！　気が付いたか！」

目を開けると、目の前には上下が逆さになったクルスの顔があった。

周囲の喧騒(けんそう)は、意識を失う前とほとんど変わっていない。

気を失っていたのは一瞬で、私はどうやら地面に横になっているらしい……と認識し

た瞬間、全身を思いっきり殴られたような痛みが襲う。

「ひぐ、ぁああああっ⁉」

「フィリス！」

「あぁぁっ⁉　い、いだ……うぐぅ……」

今まで経験した中でも、最強の激痛。全身が燃えているんじゃないかと思うほど熱い。

どこまでが自分の体なのかわからなくなる。

馬車の事故のときみたいに、徐々に体力が奪われていく感じじゃない。

一気に命をもぎ取られそうなほどの痛みに、呼吸すらままならない。

「フィーちゃん！　エリー！」

「くっ、油断したか……！　まさか地下に潜んでおったとは！」

ナディお姉さんとガルも駆けつけてくれた。

ナディお姉さんはバッグを漁ると、ポーションを取り出して私の体に振りかける。

一本、二本、三本……ま、まだ？

ナディお姉さんは、一気に五本のポーションを使った。

（体が……もう痛くない）

ただ、服はボロボロになっていて、ところどころ血で赤く染まっていた。それが、どれほどの衝撃だったのかを物語っている。

（！　そうだ、エリーは!?）

私がこんなになっているんだから、エリーだってただでは済まなかったはず。

無事なのかと顔を上げると、私のすぐそばにエリーが座っていた。

ナディお姉さんがエリーの口にポーションを近づける。

「エリー、ほら飲んで」

「う、はい……ありがとう、ございます……」

「動いちゃだめよ」

エリーはものすごく弱ってるみたいだけど、ナディお姉さんの声にはしっかり反応している。

（あぁ、よかった。生きてる……）

エリーが死んじゃってたらどうしようと思ったけど、なんとか無事だったみたい。

クルスは私の手を包み込むように体をすり寄せて、ホッと息をつきながら呟く。

「フィリス、君が守ってくれなかったら、僕もエリーも死んでいた。ありがとう」

「いきてて、よかった」

「あぁ、本当に。君も無事でよかった」

咄嗟の判断が、私を含めた三人の命をギリギリ救った。

……あの瞬間、クルスに嫌な予感があってよかった。クルスが何も言わなかったら、私が気付いたところで手遅れだったから。

「いかんな……これではキリがない」

倒れた私たちを守るために魔物と戦っていたガルが、珍しく焦りを見せた。

「どうしたの？」

「奴が地面から出てこぬのだ。我では手出しができぬ」

「そういえば、姿を見ていないわね……」

牙を剥き出すガルの言葉に、ナディお姉さんも思い出したように呟く。

いきなり地面が爆砕して、私とエリーが吹き飛ばされたのがようやく伝わったのか、地上は大混乱に陥っていた。

でも、肝心の私たちを吹き飛ばした魔物は、どこにもいない。

地面に潜ったまま出てこないせいで、ナディお姉さんも姿は見ていないらしい。

いくらガルが強くても、地下の敵に風を当てることはできない。

どうしようかと思っていると、クルスが、聖獣モードのときの低く落ち着いた声を出した。

「フィリス、魔法は使えるかい？」

「え、うん。だいじょうぶ」

けがはもう治ってるし、魔法を使うくらいならなんともないけど……何をするの？

私の返事を聞いて、クルスは大きく頷いた。

「よし、なら、もう一度あの魔法を使ってくれ。ガルは、フィリスの魔法で落ち着いた冒険者の指揮を頼むよ。これは君にしかできない」

「よかろう。しかし、奴はどうする」

「僕が引きずり出す。地面を硬化させて、奴の進行方向を地上に限定してやるさ」

「うむ、頼むぞ」

クルスはいつもの飄々（ひょうひょう）とした雰囲気を消して、ガルに指示を出した。

ガルはそれを聞いて、混乱している冒険者のもとに走っていく。

「フィリス」

「うん」

（〈風よ踊れ――妖精の風（フェアリーウィンド）〉！）

クルスの合図で、私は魔法を使った。再び吹いた優しい風が、冒険者たちを包んでいく。

よし、これで冒険者たちは大丈夫なはず。

そのとき、まるで私の魔法に反応したみたいに、地下にあった禍々(まがまが)しい反応がぐんぐん近寄ってきた。

(……来た!)

さっきは恐怖で動けなかったけど、二回目ともなれば多少の余裕はできる。

「あそこ!」

「〈錬成――変質(チェンジ)〉!」

私が指したところに、クルスが素早(すばや)く魔力を流す。

地面が一瞬で硬くなって、そこに何かがぶつかる振動が伝わってきた。くぐもった声みたいなものも聞こえた気がする。

するとすぐに、私たちからちょっと離れたところの地面がボコッと膨らんだ。

そのまま、ボコボコと道を作るように、地面が盛り上がっていく。

それを見たナディお姉さんの顔から、表情が消えた。

「……うそでしょう。フィーちゃんを傷つけたのって、まさか……」

ゆらゆらと魔力を揺らすナディお姉さんからは、激しい怒(いか)りが感じられる。

青い魔力が嵐のようにうねり、クルス製の壊れるはずがない武器が、流れる魔力量に耐えかねたように軋(きし)んで、嫌な音を立てる。

「なんの因縁かしらね。あなたとまた会うなんて」

ナディお姉さんがそう言った瞬間、ナディお姉さんのすぐそばの地面が爆発するように弾けて、ゆっくりと巨大な魔物が姿を現した。

「ねえ？　泥沼の王……！」

「ギユゥォオオオオッ!!」

怒りの感情と剣を向けるナディお姉さんを威嚇するように、巨大な魔物が咆哮する。

ナディお姉さんが怒りを見せた理由が、私にもようやくわかった。

（あの、鳴き声は……橋で遭った……）

私が橋から落ちる直接的な原因になった、泥沼の王という魔物。あのときは姿を確認することはできなかったけど、あの特徴的な鳴き声は忘れられない。

そして、二度も私を瀕死に追いやった魔物を、ナディお姉さんが許すはずがない。

（あんな姿を、してたんだ……）

ナディお姉さんの数倍はある体躯に、大きくて長い前足と鋭い爪。

異常に短い後ろ足の丸いシルエット。モグラを凶悪にしたような、異形の怪物。

橋で視た個体よりも、遥かに重く鋭い気配がする。

視線が合っていなくても、刃物を突きつけられたみたいに体が竦んだ。

……魔物溜まり(ホットスポット)の中心というのは、この魔物で間違いない。

ナディお姉さんは険(けわ)しい顔でクルスを見る。

「クルス！　フィーちゃんとエリーを連れて距離を取って！　巻き込まれたら死ぬわよ！」

「ギュゥォオオオ!!」

「……こいつは、私が倒すっ！」

ナディお姉さんが、咆哮(ほうこう)をあげる泥沼の王(シュラム・モレ)に突撃した。

足元は水たまりのようになっていて、その上を滑るように超高速で移動している。

「あ、あ……」

掠(かす)れた声が聞こえて振り向くと、エリーは殺気に呑まれてしまったのか、顔を青ざめさせて震えていた。

「正直、僕にできることはほとんどない。でも、君たちだけは絶対に殺させない！　立つんだエリー！　走れ！」

クルスがエリーに、必死に叫ぶ。

エリーは歯を食いしばって、私を抱えてクルスに続いた。

とにかく今は、人が多いところに行かないとマズい。

　ナディお姉さんと魔物が戦う激しい音を聞きながら、私たちは冒険者たちのもとへ急いだ。

「フィリス、エリー！　無事だったか」

　人が集まっているところに着くと、ガルが私たちに気付いた。

　鎮圧作戦に参加した人は、みんなここに集まっているみたい。

　ここにも魔物が押し寄せているけど、ギナウさんやダインさんがいるから、こっちの戦力が足りないなんてことはないはず。

「ガル！　ねぇさまをたすけて！」

「任せよ！」

　私の叫びを聞いたガルは、返事をするや否（いな）や風のように駆けていった。

　あの魔物は、ナディお姉さん一人で相手にできるような存在じゃない。正直、ガルがいても倒せるかどうかわからない。

　私が叫んだことで、ギナウさんはようやく泥沼の王（シュラム・モレ）の存在に気が付いたらしく、あんぐりと口を開けた。

「おおお⁉　なんやあの魔物⁉　明らかに様子がおかしいで⁉」

「何が起きてんだ！　助けに行かなくていいのかよ⁉」

「んな余裕あらへんやろぉ!?　今は、あのおっさんに任しときぃ！」

「そう、だなぁ！」

魔物と戦いながら言うダインさんに、ギナウさんは必死に答える。

ガルがナディお姉さんの助けに向かった今、大量の魔物を押しとどめているのは、ギナウさんとダインさんの二人。今回集まった冒険者たちは新人が多いから、みんな苦戦を強いられている。

あまり、戦術や冒険者に詳しくない私でもわかる。

(この二人が抜けたら、持たない……！)

魔物の群れは、一匹一匹が弱くても数がとんでもない。

誰かが気を抜いた瞬間、そこから一気に崩される。

……もう隠すとか関係なく、私も魔法を使って援護したいけど、人が多すぎて誰かに当ててしまいそうだからできない。

(ジリ貧……！)

このままじゃみんな死んでしまう……と私が最悪の想像をした、そのとき。

冒険者たちの中心辺りから、赤い魔力がふわりと広がった。

驚いた私がそこを見ると、そこには杖を構えて魔力を集中させる、ヘレナさんがいた。

エリステラさんにも引けを取らない赤の奔流が、ぐんぐん広がっていく。

「〈蹂躙せよ！　戦場の猛者！　来たれ、獄炎の雄牛――炎帝〉！」

「ヘレナか！」

詠唱に気が付いたダインさんが、嬉しそうに声をあげる。

その直後、私たちを取り囲む魔物が、一斉に火に呑まれた。

かと思ったら、巻き上がる炎が、大きな角が生えた牛のような形になった。

燃え盛る体で爆走する雄牛が、魔物を容赦なく呑み込んでいく。

どことなく、ナディお姉さんが使っていた、水のクジラを作り出す魔法に似ているね。

「〈駆け抜けろ〉！」

「「「……!!」」」

ヘレナさんが続けて詠唱すると、魔物は断末魔の声さえあげることができずに、次々と灰になって消える。

ダインさんが興奮したように叫ぶ。

「ヘレナのとっておきだな！　流石だ！」

「なんちゅう威力やねん……魔物おらんようになったで」

「これが《火神の加護》を持つヘレナの魔法だ。日に一発しか撃てないがな」

あっという間に魔物を殲滅(せんめつ)した魔法に、ギナウさんが呆然と呟く。

奥さんがものすごく活躍して、ダインさんはとても誇(ほこ)らしげに説明した。

……ヘレナさんもナディお姉さんと同じく、《加護》を持っていたらしい。

ナディお姉さんほどの魔力量がないから、強い魔法は本当にとっておきみたいだけど。

そこまで考えて、私はハッとする。一瞬、ナディお姉さんたちのことを忘れていた。

「！　ねぇさまは!?」

「まだ戦ってる。手ごわいね、あいつ……」

慌(あわ)ててクルスに聞くと、こっそりと耳打ちで教えてくれた。人が近くにいるから、喋(しゃべ)っているのを聞かれないようにしているらしい。

「ねぇさま、ガル……」

「あの二人で苦戦するとか、どんな化け物なのさ」

クルスの言う通り、ナディお姉さんたちはまだ戦っている。

激しい土煙の向こうに、ナディお姉さんとガル、そして巨大な魔物の魔力反応が視えた。

泥沼(シュラム・モレ)の王の魔力反応は、さっきと全く変わっていない。

（消耗(しょうもう)すらしてないとか……化け物……）

私が知る限り最強の二人を同時に相手しているのに……なんて強いんだろう。

するとギナウさんが、冒険者たちの気を引くためか、パンッと手を叩いた。

「Cランク以下は、先に街戻っとけ！　アレに挑んでも死ぬだけやで！」

ギナウさんの言葉に、ぐったりするヘレナさんを介抱しながらダインさんが大声で答える。

「……ヘレナももう戦えねぇ！　そっちは俺が引率する！」

「よっしゃ、任した！　ワイはおっさんに加勢するで！」

言うが早いか、ギナウさんが泥沼の王（シュラム・モレ）に向かって駆け出した。

本当なら、私もダインさんと一緒に戻らなきゃいけないいんだろうけど……ナディお姉さんとガルを置いて、ここを離れることなんてできない。というか、したくない。

ダインさんがこっちを見ていないうちに、エリーの《ギフト》で姿を隠してもらおう。

「エリー、かくして！」

私がお願いをすると、エリーが目を見開いて首をブンブンと横に振った。

「うぇっ!?　だ、だめですよフィリスさま！」

「いいの！　はやく！」

「っ！　あぁぁもう！　どうなっても知りませんよ！」

語気を強める私の説得は無理だと思ったのか、エリーが抱きつくように、私とクルスに触(ふ)れた。

エリーの《ギフト》が発動して、こっちを見ていた数人の冒険者の視線が逸(そ)れる。

私たちは、そのままゆっくりと、ダインさん率(ひき)いる冒険者の列から離れて、ナディお姉さんとガルのもとへ向かう。

……泥沼の王(シュラム・モレ)は、相変わらず圧倒的な強さを見せていた。

私たちはすぐそばで見ているけど、邪魔するわけにはいかないのでじっと我慢する。

「はぁっ！」

「ふんっ！」

ナディお姉さんとガルが攻撃する。それを、巨体に似合わない……まるで早送りでもしているかのような速さで避ける泥沼の王(シュラム・モレ)。

しかも、止まらずに次々と反撃をしてくるせいで、ガルですら攻めあぐねているように感じた。

そこに、大きな剣を突撃槍(とつげきやり)のように構えたギナウさんが突っ込んだ。

「うおぉぉぉ!!」

「ギユゥォオオオ!!」

不意打ちでギナウさんが剣ごと体当たりをして、泥沼の王(シュラム・モレ)が振り下ろしかけていた爪の軌道を逸(そ)らした。真横から攻撃されて、泥沼の王(シュラム・モレ)もギナウさんに視線を向ける。

「どっせい！　ワイも交(ま)ぜてやー！」

「頼もしいわね！」

ギナウさんが作った隙を逃(のが)さずに斬(き)りかかったナディお姉さんの剣が、初めてまともに傷をつける。

「ギュゥォオオオ!?」

「隙だらけやで！」

「我を忘れてもらっては困るな……！」

よろけた泥沼の王(シュラム・モレ)に、ガルとギナウさんが痛烈な一撃を叩き込む。

これで決まった……と思った次の瞬間、ガルたちがつけた傷から黒い煙のようなものが噴(ふ)き出して、あっという間に傷が消えてしまった。

「自己再生やと!?　やたら簡単に剣通るなぁとは思っとったけど……」

「これのせいで、我らも攻めきれぬのだ」

「面倒やなぁ!?」

ガルの言葉を聞いて、連続で振り下ろされる爪を避けながら、ギナウさんが悲鳴をあげる。

つけた傷がなかったことにされるんじゃ、どう攻撃しても意味がない。

そんなの、どうやって倒すっていうの？

「で、どないしたらええんや！」

私と同じことを思ったらしく、逃げ回るギナウさんが叫んだ。

「一撃で魔石を破壊するか……再生が追いつかない広範囲を、一気に削ぎ落すかだな」

「なら魔法やな……って、ワイ魔法使えんかったわ！」

ガルの考察に、ギナウさんがノリツッコミをしている。

……余裕そうに見えるけど、恐怖を必死に抑え込んで、あえてああいう言動をしているのが私にはわかる。

いくら元Aランク冒険者でも、あんな化け物が怖くないはずがない。

そんなギナウさんに、ガルが低く唸る。

「そもそも、我らの属性では相性が悪い。魔法では有効打にはなりえん」

「魔石破壊は、どこにブツがあるかわからへんから無理やな！」

「ならば、一撃で大きく削ぎ落とすぞ」

「よっしゃ！　やったろうやないかい！」

ガルとギナウさんが、短くやり取りをして作戦を決めた。

そして、まるでずっと一緒に戦ってきたかのような阿吽（あうん）の呼吸で、泥沼の王（シュラム・モレ）に攻めかかる。

さらにナディお姉さんも加わって、一瞬で三対一の形を作り上げた。

これなら、泥沼の王（シュラム・モレ）が誰に反撃しても、残りの二人が攻撃できる。

（やった……！）

「ギュゥォオオッ!!」

私が勝利を確信した瞬間、泥沼の王（シュラム・モレ）が大きく吠（ほ）えた。

「「!?」」

まるで見えない壁に弾（はじ）かれたように、ガルたち三人がまとめて吹き飛ばされる。

泥沼の王（シュラム・モレ）は魔力を一気に放散して、一瞬だけ結界のようなものを作り出したらしい。

「……あかん、なんでもアリやん」

「あーもう！　いい加減にしなさいよ!?」

ギナウさんが乾いた笑いを漏らして、ナディお姉さんが地団太（じだんだ）を踏む。

「我らの武器では、軽すぎるか……」

ガルが険（けわ）しい声で呟いた。速度を重視しているガルとナディお姉さんの武器では、あの結界を貫（つらぬ）くほどの重い攻撃はできないみたい。

　ギナウさんの大きな剣ならいけるかもしれないけど、泥沼の王はギナウさんを特に警戒しているような気がする。なかなか頭のいい魔物だね。

「我とナディで隙を作る。ギナウの一撃に繋げるぞ」

「ええ、それしかないわね」

「おおう、責任重大やな」

　泥沼の王と睨み合いながら、ガルたちが小声で次の作戦を話し合っていた……そのとき。

「うりゃー！」

　私たちの後ろから、聞き覚えのある声が聞こえてきた。

（えっ？）

　振り返ると、そこには私たちに向かって一直線に走ってくるピンク髪の獣人、マルンちゃんの姿が。

　隠れている私たちは、マルンちゃんからは見えていないはず。

　慌てて突進の軌道から逸れようとしたら、私とエリーが逆方向に動いてしまった。

「あ」

「いけない……！」

　エリーの声が聞こえたときにはもう遅く、私たちの手は離れてエリーの《ギフト》の効果が切れる。

　マルンちゃんの声に気が付いて振り返ったギナウさんが、驚きに目を見張った。

「えっ⁉　なんで君らがここにおるん⁉」

「フィーちゃんたちも⁉　なぜここに……さてはエリーの《ギフト》ね⁉」

　ナディお姉さんにも見つかった。怒っているわけじゃなくて、いきなり敵の目の前に現れた私たちを心配してくれているみたいだけど。

「わたしのカッコイイところ！　見せてあげますっ！」

　混乱しているナディお姉さんたちを無視して、マルンちゃんは私とエリーの間をものすごい速度で駆け抜ける。そのまま、持っていたハンマーを振りかぶって、泥沼の王（シュラム・モレ）に殴（なぐ）りかかった。

「ギュウォ⁉」

　ゴインッ！　といういい音が響いて、マルンちゃんに思いっきり殴（なぐ）られた泥沼の王（シュラム・モレ）がよろけた。

「これは……ギナウ！　続け！」

「あとで全部聞かしてもらうでぇぇ‼」

ガルがその隙を逃さず、ギナウさんと一緒に鋭い一撃をお見舞いする。

「せぇーのっ！」

ハンマーを振り下ろしたマルンちゃんが、全身をバネのように使ってもう一度殴った。

頭を連続して殴られた泥沼の王は、脳震盪を起こしたみたいに崩れ落ちた。

「ようやくね……！」

泥沼の王の魔力反応が急に小さくなって、まとっていた禍々しいオーラが消える。ガルとギナウさんがつけた傷も治ってない。

それを見たナディお姉さんが、姿勢を低くして突撃した。

「これで、終わりよっ！」

「ギユゥォ……ォ」

ナディお姉さんの見事な突きが、吸い込まれるように泥沼の王の胸に命中した。

泥沼の王は抵抗しようと腕を振り上げたけど、そこで不自然に動きを止めて……普通の魔物と同じように、その体を一瞬で灰に変えた。残った魔石が、コロンと地面に転がる。

「……終わったんか？」

誰も何も言わない中、恐る恐るといった感じでギナウさんが問いかける。

静かになった周囲を見回したガルは、深く頷いた。

「終わった、のであろうな」

マルンちゃんが両手をあげて喜ぶ。

「やったー！　勝ったー！　わたしのおかげですねっ！」

「みんなのおかげやで」

ギナウさんは、大きなため息をつきながら地面に寝転んだ。

周囲に、魔物の魔力反応はもうない。本当に終わったんだなぁ……と思っていると、剣を放り出して走ってきたナディお姉さんが、私とエリーに体当たりをするように抱きついてきた。

「どうして来てしまったの！　もう！　本当に心配したんだから！」

「う……ごめん、なさい……」

ぎゅーっと、ちょっと苦しいくらいに抱きしめられる。

私のわがままで、ナディお姉さんにはとんでもない心配をかけてしまったから、どんなに怒られても仕方ない。

するとクルスが、ナディお姉さんの頭をちょんちょんとつついた。

「フィリスは、ナディを心配してここに来たんだ。あまり怒らないでやってくれ」

「怒ってなんかいないわよ。その気持ちは、とっても嬉しいもの。でも、危ないところには、なるべく近寄らないでほしかったわ……」

「それは僕も思う」

安心したように言うナディお姉さんに、クルスも同意する。

ぐりぐりと頭を撫でられ、顔を変形しそうなほど揉まれる。

ナディお姉さんにもみくちゃにされている私を見て、周りの人たちから笑い声が漏れた。

ひとしきり笑って、大の字になっていたギナウさんが体を起こす。

「あー……一気に疲れがきたで。普段事務仕事しかしてへんのに、いきなり大物の相手はキッツイわー。ま、何はともあれ、魔物溜まり鎮圧成功や！　ありがとうみんな！」

「お疲れ様」

「これで、しばらくは安泰だろう」

ギナウさんが大きく拍手をして、ナディお姉さんとガルもそれに倣う。

私とエリーは、最後はただ見ていただけだけど、達成感はすごい。

「お疲れさまでしたっ！」

「君は、ダインにこってり絞られるとええで。勝手に来てしもたんやろ？」

ギナウさんにため息をつかれ、はしゃいでいたマルンちゃんは耳と尻尾をペションと垂らした。

「うぐっ……バレてる……」

「そらわかるがな」

うなだれるマルンちゃんに、ギナウさんは苦笑いしながらツッコミを入れる。

私も人のことは言えないけど、それはダインさんに怒られても仕方ない。

「まぁええわ。さて、帰ろ帰ろ。今日の酒はうまいで！」

「はーい……」

立ち上がったギナウさんが、マルンちゃんを連れて街に向かう。

そのあとに続いて、ナディお姉さんが私の手を引いた。

「私たちも帰りましょう。お腹が空(す)いたわ」

「うん！」

そんな私たちを見て、エリーがため息をつく。

「あれだけ戦って、よく平気ですね……私、疲れすぎて、食欲なんてないんですが」

「慣れよ慣れ。それに、泥沼の王(シュラム・モレ)を倒せたから、すっきりしているの」

ナディお姉さんが、晴れやかな笑みを浮かべる。

私やナディお姉さんにとって、因縁(いんねん)の相手でもあった泥沼の王(シュラム・モレ)。

それを倒したことで、ナディお姉さんの心に引っかかっていたものがとれたみたい。

私たちの後ろを歩くガルの肩の上で、クルスが大きなため息をついた。

「森の外は、こんなによく動くんだね。人は見ていて飽きないよ」

「はっはっは。それは同感だ」

声を抑えつつ笑うガルに、クルスも微笑む。

「フィリスはこれから、どんなものを僕たちに見せてくれるかな？」

「それはわからんな。だが、退屈はするまい」

私といると退屈しないって……まるで私がトラブルメーカーみたいな言い方だけど、よく考えたら否定できないんだよね。行く先々で、何かしら事件や騒動が起こってるし。

（……まぁいいや。トラブルも人生のスパイスだよ……ちょっと多いけど）

これから先、何が起こるかなんてわからない。

でも、ひとまず今日は、宿に戻って美味しいご飯を食べよう。

明日からは、また日常が戻ってくるから。

エピローグ

――泥沼の王（シュラム・モレ）との死闘から、約半年が経った。

私たちは相変わらず、リージアを拠点に活動している。

リージアにも活気が出てきて、最近は冒険者の数もどんどん増えている。

ナディお姉さんは、相変わらず冒険者として活動していて……最近、ついにBランクに昇格した。

そして、最初はナディお姉さんと一緒に活動していたエリーだったけど、事務仕事のほうが性（しょう）に合っていたようで、なんと三か月前からギルドの職員として働き始めた。ギナウさんのもとで、真面目に走り回っているらしい。

私はどうしているかというと……いつも通りガルに連れられて、クルスと一緒にあちこち行っている。

ガルは冒険者たちの間じゃ、「子連れ狼（おおかみ）」なんて呼ばれてるみたいだけど、本人は全く気にも留めていない。……私はちょっと、恥ずかしいんだけどね。

そんなこんなで、ここ最近は特に何もなく、穏やかな日常が流れている。

今日はガルの魔物討伐の依頼についていって、無事達成して戻ってきたところ。

「あ、フィリスさま」

ギルドに入ってすぐ、私たちは受付カウンターにいたエリーに呼び止められた。いつもは裏で働いてるはずだけど、今日は表に出てるんだね。

「エリステラさまからお手紙が届いていますよ。ナディさまと、フィリスさま宛ですね」

「てがみ？　わたしに？」

「はい」

よくわかっていない私に、エリーはきれいな封筒を手渡してくれた。

ナディお姉さんはともかく、私に宛てた手紙ってなんだろう。

（……あれ？　ナディお姉さんの魔力？）

それを受け取った瞬間、封筒……というか封蝋から、なぜかナディお姉さんの魔力を感じた。

（まさか、この封蝋も魔道具なの？）

なんて思っていたら、私を抱えていたガルが喉を鳴らして、封蝋の部分に触れる。

「これは、個人識別のスタンプを使っておるようだな。魔力に対応していない者が無理やり開ければ、手紙ごと燃える仕組みか」

「こわっ⁉」

ガルの説明に、私は思わず声を出して、焦(あせ)って封筒から手を離してしまった。

落とす寸前で、ガルが受け止めてくれたからよかったよ。

でも、そういう大事なことはもっと早く言ってよ……もう少しで開けるところだったじゃん。

封蝋(ふうろう)から私の魔力は感じないから、私がこれを開けたら手紙が燃えちゃうってことだよね。

エリーも封蝋(ふうろう)の仕組みは知らなかったのか、驚きで魔力を揺らして、そっと目を逸(そ)らした。

そして、小さな声で呟く。

「……勝手に開けなくて、よかったです」

どうやら、エリーも私と同じように、封筒を開けようとしていたらしい。

私もそうだけど、まだまだ魔道具について知らないことが多いなぁ。

「ナディは、まだ帰っておらぬのか？」

すると、辺(あた)りを見回したガルが、エリーに問いかけた。

今日は、ナディお姉さんと私たちは別行動をしている。

受けた依頼の目的地が別の場所だったんだけど……そんなことはどうでもいいか。

ガルに聞かれたエリーは、手元にあった紙の束をペラペラとめくって、ふと手を止めた。

「えーっと、本日ナディさまは……湖の近くの魔物討伐依頼を、三件受けていますね。夕方には、お戻りになるのではないかと」

エリーが苦笑いしながら、ナディお姉さんが受けた依頼を見せてくれた。

今日は一人なのに、また強そうな魔物の討伐依頼を一気に……無茶してないといいけど。

「ふむ、では待つか。今から我らが外に出ても、入れ違いになるだけであろう」

「うん。そうだね」

ガルの言葉に、私も同意する。

今はお昼過ぎ。ナディお姉さんを捜しに行くより、宿で待っていたほうがいいよね。

ということで、もう一度エリーに手紙を預けて、私とガルは宿へ戻った。

ちなみに、私たちはまだダインさんの宿に泊まっている。

そろそろ家を買おうかとみんなで相談してるんだけど、いい物件が見つかっていないんだよね。

ダインさんの宿は居心地がいいから、私はこのままでもいいんだけど。

……それから、待つこと数時間。

部屋で休んでいた私の耳に、誰かが階段を駆け上がってくる音が聞こえてきた。

というか、ナディお姉さんの足音だね、これ。

「たっだいまー！」

「ねぇさま、おかえり」

ナディお姉さんは、部屋に入ってくるなり私に手を振って、武具と荷物を放った。

そのまま、足を止めずに流れるような動作でシャワールームに消えていく。

複数の依頼を、たった一人でこなしてきたあとだとは思えないくらい元気だね。

すぐに出てきたナディお姉さんは、軽く身支度(みじたく)を整えて、荷物の中からさっきの手紙を取り出した。ちゃんとエリーから受け取っていたみたい。

すると、ベッドの上でゴロゴロしていたクルスが、ナディお姉さんに場所を譲った。

「その手紙、ナディとフィリス宛だっけ。僕とガルは、出ていったほうがいいかな？」

クルスが気を遣おうとしたのを、ナディお姉さんが首を横に振って制した。

「別に、いても構わないわよ？　今さら他人でもあるまいし」

「あ、そう？　じゃあこのまま……ふぁ～ぁ」

微笑むナディお姉さんの言葉に安心したのか、クルスは大きなあくびをして、ベッドの隅で丸くなった。

それを見て、静かに部屋を出ていこうとしていたガルも、何も言わずに椅子に腰かける。

「エリステラから手紙ねぇ。何かしら？」

ナディお姉さんは首を傾げながら、ペーパーナイフで封筒を開けた。

そのナイフはどこから……って思ったら、なんと部屋の備品だったらしい。

……ずっと同じ部屋に泊まっているのに、全く気が付かなかったよ。

なんて私が思っているうちに、ナディお姉さんが手紙を広げた。

「フィーちゃんにも、読めるかしら？」

「がんばる」

優しく頭を撫でてくれるナディお姉さんに頷きつつ、私も手紙を覗き込む。

（あ……エリステラさんの字、きれいだなぁ）

私も読めるように考えてくれたのか、元々なのかはわからないけど……エリステラさんの字は活字体に近い筆記体で、私でも問題なく読めそうだった。

何が書いてあるのかな？

『ナディ一行へ

久しぶりね。みんな元気にしているかしら？

そろそろ、アシュターレ家のことが気になってきたんじゃない？

本当は直接会って話したいのだけど、今は手が離せないから手紙で失礼するわね。


さて、早速だけど本題に入らせてもらうわ。

まず、アシュターレ家に、王家の査察が入ったの。

当主ゲランテ・ツィード・アシュターレと、嫡男リード・ベル・アシュターレはその場で拘束されて、王都に連行されたわ。

王都にいた、ゲランテの妻ベルディと次男リューク、次女テレサも、事情聴取のために一時拘束されたそうよ。

この辺は、新聞から集めた情報だけど……大体合っているはず。

そして、一週間くらい前にゲランテは死罪、リードは鉱山送りが決定したわ。

それに伴って、アシュタール伯爵家は解体。領地は別の伯爵家が引き継ぐそうよ。

リュークとテレサは、それぞれ別の家の養子に、ベルディは実家に戻るのを拒否されて、修道院入り。

こっちは、私が直接集めた情報だから、間違いないわよ。


それで……

行方がわからなくなっていた、長女ナディ・エル・アシュタールと三女フィリス・ニア・アシュタールは、すでに死亡したとみなすと発表されたわ。

アリシアやテテルには、貴女たちが訪れたことは話していなかったから……二人とも、ナディの葬儀を盛大にやろうとしていたわね。止めたけど。

時期を見て、あの二人にも会いに行きなさい。すごく、悲しんでいたから。


この手紙が届いているころには、もう刑の執行日も確定しているでしょう。

報告はしたわ。この先どうするのかは、貴女たちが決めなさい。

それじゃあね。

また会える日を、楽しみにしているわ。

エリステラ・ジェイファー』

手紙を読み終えたあと、ナディお姉さんと私はしばらく無言だった。

やがて、ナディお姉さんは大きなため息をついて、ちょっと強めに私の頭を撫でる。

「……予想はしていたけれど、早かったわね」

そう呟いたナディお姉さんの魔力は、いろんな感情がごちゃ混ぜになっていた。

腹が立つと言っていたのは確かだけど、実際に死罪なんて聞いてしまうと、穏やかではいられないのかもしれない。

（家族、だもんね……）

ナディお姉さんの気持ちは、私にもわかる。

いくら恨んでいても、憎(にく)んでいても、家族は家族。

私(フィリス)の記憶が……なんともいえない感情が、ちくりと心に刺さった気がした。

心のどこかでは、私(フィリス)が原因で家族を引(ひ)き裂(さ)いてしまったと思っているのかもしれない。

「フィーちゃん」

「わ」

そんな私の様子に気が付いたのか、ナディお姉さんがそっと抱きしめてくれた。

そして両手で、私の頬を挟み込む。

「気にするな、って言っても……フィーちゃんは優しいから、きっと自分のせいだ、なんて思っているんじゃないかしら？」

「！　どうして、わかったの？」

まるで心を読んだみたいなナディお姉さんの言葉に、私の肩がぴくっと跳ねた。

図星をつかれた私が聞き返すと、ナディお姉さんはいたずらっぽく笑みを浮かべた。

「全部、顔に出てしまっているわよ。とってもわかりやすいわ」

……自分の表情の変化なんて意識しなかったけど……そんなにわかりやすいんだ。

なんて考えていると、ナディお姉さんが私の頬を挟んだまま、ぐりぐりとこねくり回す。

「うみゅ、ぅわ」

何か言おうと思っても、口から出るのは変な音だけ。

顔が変形するんじゃないかと思い始めたところで、ようやく私は解放された。

「フィーちゃんは、何も気にする必要なんてないの」

優しく話すナディお姉さん。私を気遣ってくれているのが、ものすごく伝わってくる。

「でも……」

「でも、じゃないの。もう一回揉むわよ？」

「!?」

それでも私があれこれ考えていると、ナディお姉さんは手をワキワキさせた。

またもみくちゃにされるのは勘弁してほしかったので、私は思いっきり首を縦に振る。

「よろしい。でも、そうね……」

満足そうに頷いたナディお姉さんは、表情を少し真面目なものに変えて考え込んだ。

そして顔を上げると、両手を組んで祈るような仕草をした。

「せめて、ゲランテが苦しまずに逝けるように、祈りましょうか」

「うん」

私も慌てて、ナディお姉さんの格好に倣う。

この世界の宗教のことはわからないけど……祈ることはできるはず。

祈り終えると、ナディお姉さんはもう一度手紙に視線を落とした。

「アリシアとテテルにも、悪いことをしたわね。もうしばらくしたら、会いに行こうかしら……でも、また噂を広められたら大変よねぇ」

ぶつぶつと、ナディお姉さんが小さく呟く。

アリシアさんとテテルさんというと、私のことや橋の事件についての噂を広めてくれた、ナディお姉さんのお友達だよね。

すごく悲しんでいた、って手紙にも書いてあるし、ナディお姉さんも会いたいんだろうけど……かなり悩んでるみたい。

確か前に、アリシアさんたちは噂が大好物だって言ってたもんね。

せっかく死亡扱いになって、逃げる必要もなくなったのに、生存してるって噂になったら意味がない。

「あの子たちは、口が軽すぎるのよね……下手に接触できないわ……」

ナディお姉さんが、頭を抱える。

そんなに口が軽いんだ……って、そうじゃなきゃ短期間で私の噂が広まったりしないよね。人の口に戸は立てられぬ、かな。

しばらく唸っていたナディお姉さんは、何か思いついたのか顔を上げた。

「ま、考えていても仕方がないわね！　エリステラに近況報告でもしておけば、アリシアたちにもうまいこと伝えてくれるでしょうし！」

（ま、丸投げ……）

何かを思いついたんじゃなくて、考えることをやめたらしい。全部エリステラさんに任せようとしてる。

ナディお姉さんって、エリステラさんのことを便利屋か何かだと思ってない？

これでいいのかと私が考えていると、ナディお姉さんが再び抱きついてきた。

「それよりも！」

「わぁ!?」

背中にナディお姉さんの体重がかかって、危うく潰れそうになった。

ナディお姉さんはそんなの気にした様子もなく、私の髪を撫でながら笑っている。

「そろそろエリーも帰ってくるわよね。ご飯にしましょう？　私、お腹が空いて仕方がないのよ」

私もお腹が空いてきたし、ご飯を食べるのは賛成だけど……ナディお姉さんがもたれかかったままだと、私は動けない。

「そうだね……でもどいて。おもい」

「あらごめんなさい」

私がちょっと語気を強めると、ナディお姉さんは慌てて背中からどいた。

別に怒ってるわけじゃないのに、少しナディお姉さんがしょげてしまった。

ということで、元気づけるために、私はナディお姉さんに手を差し出す。

「ごはん、いこ？」

「！　えぇ、そうね！」

効果てきめん。あっという間に、ナディお姉さんが復活した。

ナディお姉さんと手を繋（つな）ぎ、ガルとクルスと一緒に宿の食堂に向かう。

その途中で、ふと窓の外の夕焼け空が目に留まった。

（……いろいろあったなぁ）

考え事をして立ち止まった私に、ナディお姉さんが怪訝（けげん）そうに首を傾げる。

「フィーちゃん？　どうしたの？」

「ううん、なんでもない」

私は首を横に振って、また歩き出す。

……私とナディお姉さんは、もうアシュターレに縛られることはない。

もう、本当に自由なんだよね。

（家族に虐（しいた）げられた、フィリス・ニア・アシュターレはもうおしまい……）

これからは、新しい私（フィリス）の人生。

この先、どんなことが待っているのかな？

書き下ろし番外編

ナディの恩返し

リージアでの騒動が落ち着き、ナディお姉さんの冒険者としての活動も軌道に乗り始めたある日。

ガルは今日どこにも出かけないというので、常に一緒にいる私も暇になった。

せっかくだし、あまり進んでいない魔法の勉強でもしようかな。

「――クルスー！　魔剣を一本作ってくれないかしら！」

「うわぁ!?」

……なんて思っていたら、服のあちこちに泥をつけたナディお姉さんが、すごい勢いで部屋に入ってきた。

ベッドで寝息を立てていたクルスは、驚いて全身の毛を逆立(さかだ)てている。なんか綿毛みたいでかわいい。

「びっくりしたなぁもー。急に魔剣なんて、どうしたのさ」

文句を言いつつ、クルスは耳をナディお姉さんに向けた。

「お主が使うのか、ナディ」

静かに瞑想していたガルが、頭をかきながらナディお姉さんに問いかける。

魔剣は超レアで、とんでもなく強い武器。今さらナディお姉さんには必要ないような気もする。

するとナディお姉さんは、きょとんとして首を振った。

「まさか。いち冒険者が聖獣由来の魔剣なんて持ってたら、貴族以上に目立つわよ」

自分で使うわけじゃないんだ……ならどうして、こんなに急いで魔剣をねだりに来たんだろう。

（金策……というほど、お金には困ってないか）

むしろ、ナディお姉さんが依頼を受けまくるせいで、生活費としては多すぎるくらい資産がある。

「じゃあ、なんで？」

お金じゃないならなんのために……と思って聞いてみると、ナディお姉さんはどこか恥ずかしそうに頬を掻いた。

「その、エリステラに贈ろうかと思ったのよ。魔剣なら、出所が冒険者でも商会経由でオーディションに出せるし、それなりにまとまった額になるだろうから、ってね」

「ふむ」

ナディお姉さんの説明を聞いて、ガルは納得したように頷いた。

……そういえば、ナディお姉さんはエリステラさんに、とんでもない額の借金をしていたっけ。

まぁ私（フィリス）が原因でもあるけど。今も身につけているペンダントや、捜索のための道具とかでだいぶお世話になった。

……ナディお姉さんの一番大きな出費は、手紙鳥（メールバード）でエリステラさんのお部屋を二度破壊したときのやつなんだけどね。

ちなみに、ナディお姉さんが冒険者の稼ぎを返済に充（あ）てないのは、大きな額なのはもちろん、直接何度もお金のやり取りをすると不自然に見えるからだそう。

以前受け取った手紙に、そんなことが書いてあったはず。

私にはよくわからないけど、商人のエリステラさんはナディお姉さん以上に大変らしい。

「それで魔剣か。良いのではないか？　無論、多少の偽装は必要だろうがな」

「やった！」

ガルの許可が出て、ナディお姉さんが小さなガッツポーズを作る。

クルスの魔剣は強すぎて、むやみに作らないようにガルが管理しているから、いいって言われるか不安だったみたい。

「……送り主を我の名にすれば、ランクや出自で疑われることもあるまい」

「いいね。僕の森の遺跡から出土したってことにすれば？　確か、ガルは入れるんだろ？」

「うむ。品が完成したら、我が辻褄合わせに一度出向くとしよう」

あれ、意外とガルも乗り気？

どんな魔剣にしようか悩んでいるナディお姉さんを尻目に、聖獣たちが議論している。

クルスの森……Aランク以上の冒険者しか入れない、『忘却の森』のことかな。

確かにクルスが住んでいたピラミッドや、周辺の古代文明みたいな遺跡なら、魔剣のような超レアなものがあっても違和感はない。

Aランクのガルなら、こっそりじゃなくても入れるし。

「でも、こんなお願いしておいてなんだけど……いいのクルス？」

「うん？　何が？」

「私たちはともかく、『忘却の森』の遺跡はまだ未発見。人が入れば、環境が変わってしまうものよ」

ナディお姉さんが、少し申し訳なさそうにクルスに聞く。

そっか……私たちは普通に滞在したけど、まだ遺跡があったところは見つかってないんだっけ。

前世のように、遺跡の保存や維持の考えがあまり浸透していないこの世界では……一度知られてしまったら、元通りとはいかないよね。

躊躇(ためら)う素振(そぶ)りを見せるナディお姉さんだけど、対するクルスは余裕そうに魔力を揺らした。

「構わないさ。というか、森から出られないから住み着いていただけで、愛着も未練もないし」

「そう？　なら、いいのだけれど」

「実際、森の外のほうが安全だったしね。あそこに戻りたいとは思ってないよ」

「ふふ、そうね」

クルスの返答に、ナディお姉さんも笑みを浮かべる。

言われてみれば……高難度に指定されているのは『忘却(ぼうきゃく)の森』だけで、周辺には制限も何もなかったような。

（私が知っている地図の範囲にも、ランク指定されてるところはなかったなぁ……）

苦労して住んでたところが一番厳しかったなんて、そりゃ戻りたくなくなっても仕方ないと思う。

屋敷と森……規模は全然違うけど、クルスと私はどこか似ているような気がする。


――エリステラさんへの贈り物が決まってしばらく。

私たちは場所を街の外に移して、クルスの魔剣作成を見守ることにした。

でも……すぐに作っておしまいかと思ってたけど、意外とナディお姉さんとクルスの相談に時間がかかってるね。

「この前のみたいな、簡単な魔剣はすぐに作れるけど？」

「うーん、貴族相手に売りつけるなら、性能もだけど見た目にもこだわりたいのよねぇ。できれば、遺跡から出土しそうな……何か違うわね」

ナディお姉さんが図面……もとい、落書きみたいなイメージ図を描きながら頭を抱える。絵はあまりうまくないみたい。

クルスが一度作ってくれた簡単な魔剣は、辛うじて剣の見た目をしたものだった。

しかも一回使ったら、刃が消し飛んでしまってたけど。

流石に魔剣が高級品でも、アレでは贈り物には向いてないらしい。

「見た目かぁ……じゃあさ、僕が昔見た普通の武器をいくつか作るから、魔剣にしたいやつを選ぶってのはどう？　あとから〈付与(エンチャント)〉するだけだし、手間はかからないからね」

クルスの提案に、ナディお姉さんがポンと手を打つ。

「それはいいわね！　お願いするわ」

「任せてよ。余った剣もあげちゃえ！」

ナディお姉さんが頷くや否(いな)や、クルスがブワッと黄色の魔力を地面にまいた。

「〈錬成――製錬(メルト)〉からの〈錬成――作成(クリエイト)〉！」

以前ナディお姉さんとエリーの武器を作ったときと同じ、地面から集まった砂鉄の塊(かたまり)が姿を変えていく。

今回は一気に剣を作っているのか、クルスの周りには五つの鉄塊が浮いている。

（不思議な形……剣だけど、剣じゃない？）

やがて完成に近づいたソレは、私が知っている武器とは微妙に違っていた。

例えばガルの刀や、ナディお姉さんの細剣は、一目で剣とわかる。

だけどクルスの武器は、不思議な模様(もよう)がはしる鉄板だったり、音叉(おんさ)のように二股になった長い棒だったり……どれも絶妙に武器っぽくない。

「こんなものかなー。どう？　僕の覚えているやつでも、かなり古い記憶の武器だ」

「流石ね」

ものの数分で五つの武器を完成させたクルスが、前足で汗を拭うような仕草をした。

ひとつひとつ確かめたナディお姉さんは、満足そうに頷く。

「間違いなく遺跡から出土するわね、コレ。王都の宝物殿に、似た宝剣があったわよ」

「あー、多分それも、僕が作ったやつじゃないかな。適当に作ったのを、人がいくつか持って行ったことがあるし」

「……そう。やっぱり、聖獣ってすごいわねぇ」

さらりととんでもないことを言うクルスに、ナディお姉さんが一瞬言葉を詰まらせる。

適当に作っても、人にとってはお宝になるんだ……

クルスのいう昔は、もしかしたら私が思っている以上に昔なのかもしれない。

普段はぐうたらネコみたいなクルスだけど、こういうところで人智を超えた聖獣なんだと思い知らされる。

「で、どれにする？」

「そうね。この二股の短槍がいいかしら。魔剣にするなら、珍しい形状のほうがいいのよ。それと属性は、水でお願いするわね」

「いいよ」

ナディお姉さんの指定を聞いたクルスが、早速作業を始める。

黄色の魔力で覆われた武器に、透き通るような青が混ざっていく。

ちなみにナディお姉さんいわく、水属性に指定したのは、暴発しても被害が少ないからだそう。

（暴発するんだ……でもこの魔力量、発動したら洪水かなぁ……）

クルスは張り切っているのか、完成した魔剣は私が視てきたものでも、トップクラスに魔力が込められている。

これだけ魔力が溜まっているのに、ナディお姉さんが暴走させた魔道具みたいな危うさを、全く感じないのもすごい。

（どれだけ込められるんだろう。気になるけど、これ以上はヤバそうだね）

暴発の危機ではなく、価値として。私でもわかる、特殊すぎる性能。

私には、教会にあった神の声を聞くという、規格外の魔道具……神核並みの輝きを放っているように視える。

けど、魔力が視えない他の人には、使うまで性能がわからないはず。

エリステラさんなら取り扱いもわかってると信じて、うっかり暴発しないことを祈っておこう。

「ナディ、我は『忘却の森』に行くゆえ、三日ほど留守にするが、よいな？」

クルスが作った武器をまとめて抱えたガルが、姿を狼に変えながら問う。

さっき打ち合わせしてた、魔剣が遺跡から出土したように見せる偽装かな。

……すぐに出発するとは、思ってなかったけど。

「それはいいけれど……三日じゃ、探索する時間もないいんじゃない？」

「人の足、ならばな」

ナディお姉さんの問いに、ガルは喉を鳴らしながら答えた。

それを聞いたクルスが、声を弾ませる。

「おっ！　ガル、本気で走るんだね？」

「うむ、我は風狼。あの森との往復だけなら、半日で事足りる。残りは探索期間だ」

「本当に風みたいね……驚かされてばかりだわ」

ナディお姉さんが、久しぶりに聖獣の規格外なところに触れたからか、お腹をさすっている。

往復で半日……以前、「やろうと思えば風よりも速く走れる」とは言っていたけど、改めて聞くと本当にぶっ飛んでる。

「人の身では耐えられぬゆえ……フィリスを連れて行くことは叶わぬ。クルス、留守は頼むぞ」

「了解、任せて」

ガルが私に顔を寄せて、心配そうに魔力を揺らした。

少しの間、ガルとは離れちゃうんだ。クルスはいるけど、おとなしくしておこう。

「ナディさえよいのなら、我がそのまま、魔剣を売る体でエリステラの元に届けるが？」

「……そうね。私は下手に表に出られないから、そうしてくれると助かるわ」

「うむ、任されよう。では」

どうやらガルは、全部一気に済ませてしまうみたい。

ナディお姉さんの返答を聞いて頷いたガルは、ぐっと姿勢を低くして……私がまばたきをした瞬間、その姿は消えていた。

これはもう、速いとかってレベルじゃない。きちんと見送りもできなかったよ。

（いや、まだ間に合うかな……想いくらいは、届きますように）

「いってらっしゃい、ガル」

私の呟きを乗せるように、柔らかいそよ風がガルを追いかけた。

――数日後、エリステラさんから困惑と感謝と文句が一緒になった、超長文の手紙が届いたのは、言うまでもない。

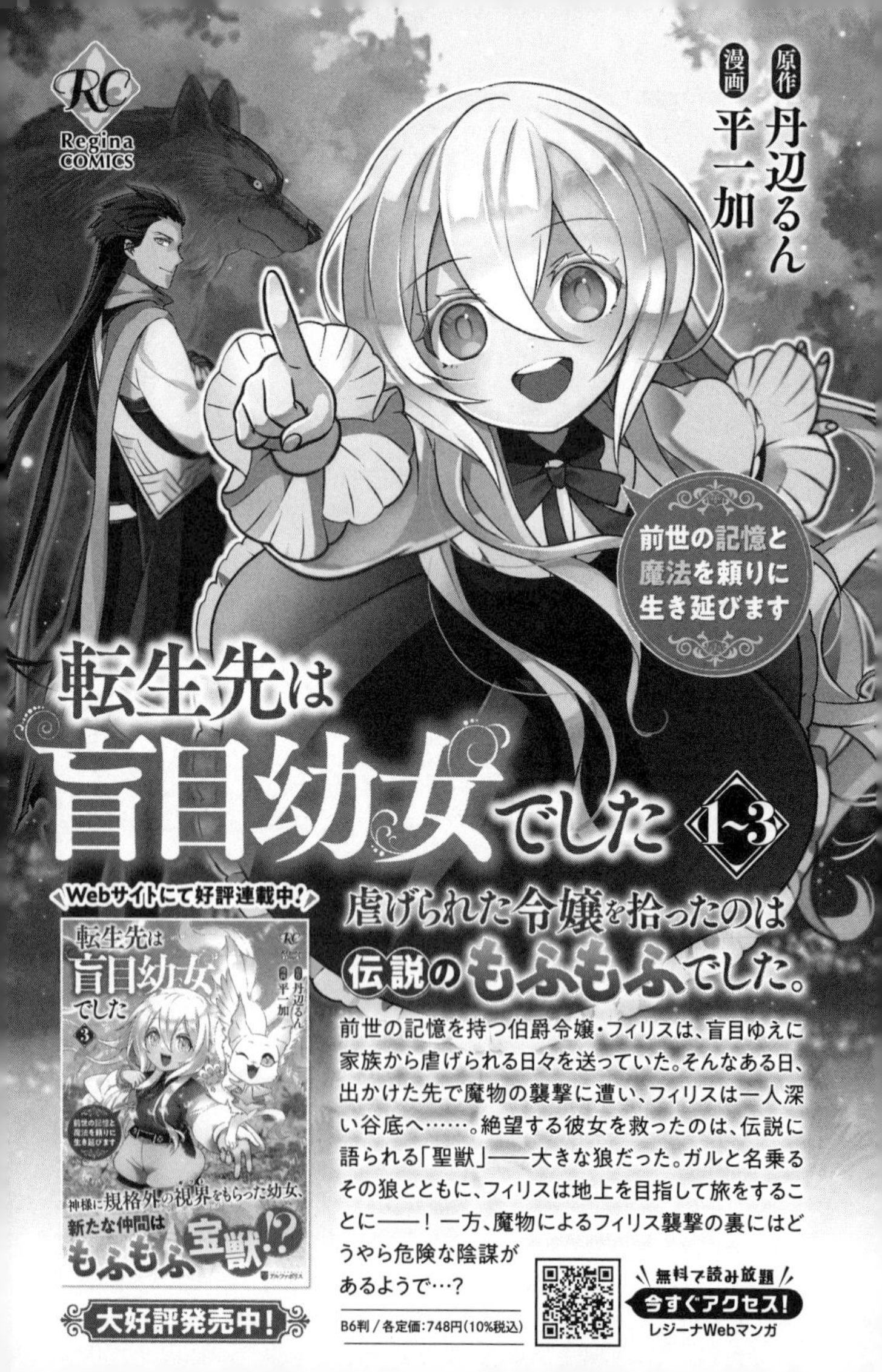

本書は、2021年7月当社より単行本として刊行されたものに書き下ろしを加えて文庫化したものです。


この作品に対する皆様のご意見・ご感想をお待ちしております。

おハガキ・お手紙は以下の宛先にお送りください。

【宛先】

〒150-6019 東京都渋谷区恵比寿 4-20-3 恵比寿ｶﾞｰﾃﾞﾝﾌﾟﾚｲｽﾀﾜｰ 19F
（株）アルファポリス　書籍感想係

メールフォームでのご意見・ご感想は右のＱＲコードから、
あるいは以下のワードで検索をかけてください。

アルファポリス　書籍の感想　検索

ご感想はこちらから

レジーナ文庫

転生先は盲目幼女でした2 ～前世の記憶と魔法を頼りに生き延びます～

丹辺るん

2024年5月20日初版発行

文庫編集－斧木悠子・森 順子
編集長－倉持真理
発行者－梶本雄介
発行所－株式会社アルファポリス
〒150-6019 東京都渋谷区恵比寿4-20-3 恵比寿ｶﾞｰﾃﾞﾝﾌﾟﾚｲｽﾀﾜｰ19階
TEL 03-6277-1601（営業）　03-6277-1602（編集）
URL https://www.alphapolis.co.jp/
発売元－株式会社星雲社（共同出版社・流通責任出版社）
〒112-0005 東京都文京区水道1-3-30
TEL 03-3868-3275
装丁・本文イラスト－Matsuki
装丁デザイン－AFTERGLOW
（レーベルフォーマットデザイン－ansyyqdesign）
印刷－中央精版印刷株式会社

価格はカバーに表示されてあります。

落丁乱丁の場合はアルファポリスまでご連絡ください。

送料は小社負担でお取り替えします。


ISBN978-4-434-33888-5 C0193